◆◆ 中国文学名家小小说精选丛书

解救一头狮子

石渔 著

江西高校出版社
JIANGXI UNIVERSITIES AND COLLEGES PRESS

南 昌

图书在版编目（CIP）数据

解救一头狮子 / 石渔著 . -- 南昌 : 江西高校出版
社 , 2025. 6. --（中国文学名家小小说精选丛书）.
ISBN 978-7-5762-5595-9

Ⅰ . I247.82

中国国家版本馆 CIP 数据核字第 2024Z1S023 号

责 任 编 辑	晏仁琼
装 帧 设 计	夏梓郡

出 版 发 行	江西高校出版社
社 址	江西省南昌市新建区工业二路 508 号
邮 政 编 码	330100
总 编 室 电 话	0791-88504319
销 售 电 话	0791-88505090
网 址	www. juacp. com
印 刷	鸿鹄（唐山）印务有限公司
经 销	全国新华书店
开 本	650 mm×920 mm　1/16
印 张	13
字 数	160 千字
版 次	2025 年 6 月第 1 版
印 次	2025 年 6 月第 1 次印刷
书 号	ISBN 978-7-5762-5595-9
定 价	58.00 元

赣版权登字 –07-2024-989

CONTENTS
目　录

解救一头狮子

◀ 亲情密码

退休后的布朗夫人已基本不碰电脑了。她退休前是电脑工程师，每天与电脑打交道，不胜其烦，好像患上了职业病。

可是最近几天，布朗夫人像着了魔似的，夜以继日地坐在电脑旁。敲击键盘的"哒哒"声在寂静的夜里格外清晰。陪伴布朗夫人的是一只宠物狗波比。自退休后，波比就成了她相依为命的亲密伙伴。此刻，波比正安详地酣睡在布朗夫人的脚下。

大功告成！布朗夫人突然使劲敲了一下键盘，兴奋得叫起来，波比"汪"的一声跳起，傻傻地望着主人。布朗夫人艰难弯下腰，抱起波比，眯缝起眼睛。

第二天清晨，布朗夫人睡得正香，手机响了，是儿子打来的。妈咪，请教一个问题好吗？我的手机不知怎么被锁住了！怎么办呀？

布朗夫人狡黠笑了一声：我说嘛，没事你能想起妈咪？是这样的：你的手机是我设置了远程锁机程序。啊！电话那端的儿子惊叫一声说，为什么？那密码是？……儿子有些迫不及待了。

儿子，你听好了！密码是：妈、咪、我、很、爱、你。每个词的第一个字母。布朗夫人一字一顿说完，泪流满面——儿子已好久不接她的电话和回复短信了。

"天冷，妈咪多穿衣"；"明天感恩节，妈咪多犒劳自己"……儿子好像一下子长大了，孝顺了。其实布朗夫人明白，只有她能给手机解锁（密码经常变换），否则他的手机形同虚设。

布朗夫人感到很失败。怎样让儿子的孝顺从口头落实到行动上，还真是个问题。

明天，也许该去请教一下威廉先生了。威廉先生是一位颇有名望的心理学家。

——《闪小说》创刊号（2015 年第 1 期）

《微篇小说》2015 年第 3 期

《中国闪小说年度佳作 2015》

◀ 换铃声
....

村里人都说福成老汉有福。儿子孝顺呗。

在县城上班的儿子经常回来看他，不是买鱼就是买肉。有时吃不完，福成就送给邻居。儿子要给他买冰箱，他眼一瞪：那玩意费电，不要！

年前，儿子给福成买了一部手机。儿子把手机交给他后，拨通他的号码，让他试听。铃声响起来，福成吓了一跳。一个男人尖着嗓子，歇斯底里地吼：死了都要爱！不淋漓尽致不痛快！

福成"呸呸呸"往地上吐唾沫，面红耳赤地说，换一个！换一个！

儿子嘿嘿笑了，接过手机，换了一个：你这个坏、坏、坏女人！

什么东西！再换！

这次，儿子换了一个轻柔一点的铃声：我想我会一直孤单，这一辈子都这么孤单……

福成连连摆手：不中不中！听了心里拔凉拔凉的。

儿子把手机里存的歌曲都快翻完了，没有一首让福成满意。

儿子无奈地说，要不，明天我重新下载点戏曲？

说话间，儿子又点开了最后一首歌曲：是谁敲开了我的门窗，是谁闯进了我的梦乡，我心在飘荡，情也迷茫……别再让我东张西望，别再让我天天猜想。谁是我的新郎，我是谁的新娘……

儿子关掉铃声，讪笑着说，不中不中。

中！中！这个中！可别再换啦。

福成像是从睡梦中醒来，兴奋的样子让儿子吃惊。

儿子注意到，说完这话，爹的脸色微微发红。

儿子突然想起，娘已去世五年多了。

过完年，该去找找村里的王媒婆了。儿子想。

——《湖南 2015 年度闪小说精选》

◀ 秕谷糠

秕谷糠，

占住仓，

红皮儿小麦不得装。

创作这段顺口溜的是我的邻居马拴。按辈分，我管马拴叫伯伯。但我从来不这么称呼，高兴了，直呼其名；不高兴了，反过来叫"拴马"。我不尊敬他是有原因的：他经常打老婆。

有一次，马拴的老婆蒸馍，可能揭锅早了，馍有点生，难吃。他抓起一个刚出锅的馒头向老婆头上砸去，没砸准，掉到灶间的灰窝里。马拴恼羞成怒，揪着老婆的头发按倒在地一顿猛揍。老婆呢，也不还嘴，只是小声地哭。

开始的时候，马拴打老婆，村人去劝、拉。但马拴是人来疯，越劝、拉，越打得厉害。一边打，一边哼小曲儿一样，骂：秕谷糠，占住仓，红皮儿小麦不得装。仿佛受委屈的是他自己。人们见劝不住，都走了。直至后来，马拴打老婆，人们习以为常，不管不问了。

后来，随着年龄的增长，我渐渐知道了马拴的一些事。原来，马拴年轻时有个相好，据说很漂亮。但马拴是地主成分，相好是贫下中农，到底没走到一起。最后，勉强找了一个相貌丑陋的老婆延续香火。

前段时间回老家，在公路边我看见马拴。我正要给他敬烟，一群放学的小学生走过来，看见马拴突然齐声高歌：秕谷糠啊，占住仓啊，红皮儿小麦，不得装啊。装你娘那个脚！马拴抓起路边的石子向孩子们扔去。孩子们嬉笑着跑开了。

听人说，马拴的老婆去世快一年了。马拴一下子老了许多。逢年过节，马拴总不忘提一沓火纸，去坟上烧烧，烧着烧着，马拴就泪流满面……

——《宝安日报打工文学周刊》2015 年 9 月 13 日

《小小说月刊》2015 年第 11 期

《青年作家》2015 年第 8 期

《闪小说》2015 年第 4 期

◀ 弯弯的扁担

儿子出门打工前，为父亲做了两根精致的扁担。扁担是用柳树做的，光滑光滑的，担身弯弯的，犹如父亲的腰。儿子是个木匠，出门后将不再是木匠了。这年头，木匠在乡下已经不吃香了，儿子必须寻找新的门路来养活家人。

儿子走后，家里的几亩责任田自然就落到父亲的肩头。山区的耕地大多不通牛车，收种需用扁担挑。在扁担的吱呀声中，汗水争先恐后地跌入泥土。收罢麦，父亲给儿子打电话说，一根扁担已经压折，不能用了，并埋怨儿子说他的手艺怎么这么差呢，毕竟做了五六年的木匠啊。儿子在电话那头笑了，说，不是还有一根吗？

收罢秋，父亲又给儿子打电话，说另外的一根扁担也折了，儿子又笑了说，今年的收种不都结束了吗，过年回去我再给你做。父亲叹了一口气说，你初学木工时给你舅舅做的那根槐木扁担，直到现在，你舅舅还用着，结实着哩。真是"卖盐的喝淡汤啊"。

儿子心里明白，父亲干活不惜力气，年轻时担百斤拿百斤。现在老了，儿子担心有一天，父亲的腰会比那两根扁担更弯，甚至一不小心就会折断。他给父亲做的那两根扁担，最大承重不超过八十斤。他想好了，再打几年工，回家做一根结实的扁担，自己用。

——《天池小小说》2013 年第 4 期

《当代闪小说》2013 年第 5 期

◀ 不孝的儿子

吃完早饭，撂下碗，爹一抹嘴巴，又准备去村东头打牌，被儿子叫住了。

"爹啊，帮我个忙，行吗？"

"有事你就说吧！跟爹还这么客气？"

儿子指着院子东边多年前盖房剩下的一堆砖头说："你把这

些砖搬到西边，我准备在这儿码柴火。"

爹搬砖走了几趟，已微微出了汗。儿子下地干活前说："爹，慢慢干，不着急，累了就歇歇。"

爹着急也没用。老了，没力气，手脚慢，只有慢慢干了。等他把这些砖头全部移到西边码放整齐，已是三天以后。爹打牌的手又痒了。

爹刚出门又被儿子叫住了，儿子说："爹啊，我忘了，原本计划在西边打个水井的，你把砖挪到南边吧。"

爹想发脾气，但看到儿子愧疚的表情，只好说："好吧！"——像是从牙缝里挤出的。

爹心里不痛快，有意磨洋工，这次把砖头全部搬到南边用了一星期时间。

当儿子再次说砖放在南边不合适，让爹搬到北边时，爹发火了，大声说，搬来搬去的，折腾老子啊！没见过这么不孝的儿子！

爹气冲冲地走出院门，心想，这么久不去了，王老头他们不会开除他的"牌籍"吧。儿子也真是的，打牌输几个糖块，他难道心疼了？

爹正这样想着，一辆救护车呜呜叫着进了村，一群人在路边议论纷纷。一打听，原来是王老头打牌时突发脑出血！

爹一阵难受，一阵后怕。

目送救护车拉着王老头远去，爹急匆匆回家，往北边搬起了砖头。

爹边搬边想，下次，该往东边搬砖头啦。

——《天池小小说》2016 年第 6 期

《小天使报》四年级版 2017 年 7—8 月合刊

◀ 贴春联是个力气活

一大早，老徐就吩咐老婆馇浆糊。

今天是大年三十，馇完浆糊该贴春联啦。

小时候，老徐（那时还是小徐）最喜欢帮父亲贴春联了。细细地揭掉褪色的老春联，均匀地刷上一层浆糊，小心翼翼地把新春联贴正抹平。最后，退到院子中间打量一番。父亲那种陶醉满足的样子他依然记忆犹新。

父亲告诉他，过去一些穷苦人家大年三十这天，一大早就把春联贴上，来要账的看到红红的春联已贴上，扭头便走——毕竟过年了嘛。

老徐还沉浸在回忆中，老婆的大嗓门叫了起来：老家伙，还撅着屁股睡？起来贴春联！

老徐倒没有欠账。这些年，村里人都快走完了。在城里打工的打工，买房的买房，过年不回来。年前，都先后打来电话，让他帮忙贴春联。老徐算了一下，今年要贴十七家。乡里乡亲的，人家开口了，你能好意思拒绝？况且，这也是举手之劳嘛。

满满一锅浆糊，盛了两大盆。老徐端了一盆先去村东头贴。村东头有八家，两年不到，门前已长满没膝深的荒草，树上间或有一两只松鼠追逐嬉戏。老徐叹了一口气，开始贴春联。

贴完村东村西，又去村南贴了两家，老徐已腰酸背疼，本想抽根烟歇会儿，噼里啪啦的鞭炮就响起来了。老徐有些心急，于是加快了速度。这家的门脑有点高，老徐找来一个破凳子，谁知刚踩上去，凳子就散了。老徐从凳子上摔下来，疼得龇牙咧嘴。揉了一会腰，艰难地站了起来。

这时，老徐兜里的手机响了，是老婆的大嗓门：老家伙，你是贴春联，还是造春联啊！咱家还贴不贴啦？

——《吴地文化闪小说》创刊号

《蜀道》2016年第1期

解救一头狮子

◀ 豆腐李

　　豆腐李在顺阳川卖豆腐有年头了。驮豆腐的工具从最初的双肩到自行车，再到现在的电动三轮车，豆腐李的生意一直很好。

　　豆腐李卖豆腐有个特点：他从来不自己称量。切好豆腐放入托盘，大大方方地把秤递给你，说，你称吧，称多少是多少。买家若谦让一番，他便脸红脖粗，说，乡里乡亲的，我还信不过你！久而久之，人们习惯了。再买他的豆腐时，也不客气，接过秤就称量。当然，豆腐李那么信任你，你好意思少报一两一钱吗？

　　这天，豆腐李卖完豆腐路过一户人家被一个女人叫住。原来，女人想卖几袋麦子，男人不在家，怕麦贩子坑她，找了一杆大秤想让豆腐李帮她称一下，做到心中有数。要说，这举手之劳根本不算什么事。谁知，豆腐李的脸突然红得像猪肝。他吞吞吐吐地说，家中有事急着回去。女人生气了，说，称几袋麦子能耽误多长时间？都老熟人了，这点忙都不帮？豆腐李红着脸想解释，女人不耐烦了，说，少了张屠户，还能吃连毛猪？豆腐李的脖子也红了，说，妹子，我说实话恐怕……恐怕你都不信。我—我不识秤啊？女人哈哈大笑：鬼才相信！卖了一辈子豆腐竟然说你不识秤？女人气冲冲地锁门出去了。

女人家嘴长，豆腐李不识秤的新闻不几天传遍了顺阳川。人们回想起豆腐李从不自己称量，有点相信是真的。过了几天，豆腐李再次出现在顺阳川时，原来的那杆秤不见了，电动三轮车上多了一台电子托盘秤。

——首届“潇湘文化杯”闪小说大赛获奖作品

《小小说选刊》2019 年 13 期

虱子陈

每到星期天，陈黑子的生意就格外好。理发店内外，学生们叽叽喳喳，等候理发。

其实，陈黑子的理发技艺一般，他有绝技——捉虱子。

陈黑子在剃头者面前的桌上放一白纸，用极细的竹篦子细细地梳头。虱子落到白纸上，清晰可辨。陈黑子眼疾手快，手到擒来。

捉虱子是理发前必做的工作。那年月，除了理发时洗洗头，谁还专门洗呀？所以头上生虱子是很正常的事儿。在理发的过程中，发现潜伏的虱子，陈黑子会停下手中的活计，大喝一声：哪里逃！等待理发的人们哄堂大笑。

虱子陈这个绰号是对面理发店的旺财给起的。旺财的理发手艺比陈黑子不知高了好几个档次，但生意远远不如陈黑子——旺财爱干净。

时光被虱子陈的篦子一点点梳走了。转眼间，虱子陈的儿子结婚，很快有了孙子。儿媳妇极爱干净，把婆婆准备的尿布（旧衣服、床单撕的）都扔到房后的垃圾坑，买了崭新的棉布。婆婆气得不行，找虱子陈评理。虱子陈哈哈一笑说，那旧尿布就是不太卫生嘛。当年捉虱的事儿你忘了？你也不嫌脏？老婆嘲笑道。哈哈，好汉不提当年勇嘛。

虱子陈没给老婆说，那些年每天晚上打烊后，他用胰子一遍遍洗手的情形。他也爱干净。

他想好了，等儿子打工打烦了，就让他去省城的美发学校学习。毕竟，现在，没虱子可捉了。

——《小小说选刊》2019 年 13 期

病号饭

啥时也能吃一顿病号饭呢？干活的时候，张林对父亲说。

啥时才能吃一顿病号饭啊？休息的时候，张林对父亲说。

张林想吃病号饭都快想疯啦。

张林和我父亲同村，都是民办老师，一同来这个农场，上共产主义劳动大学（简称“共大”）。“共大”每天都是重体力劳动：挖土方、挑土粪等。生活比较清苦，清汤寡水的。张林饭量大，经常吃不饱。父亲饭量小倒无所谓。

这天下午收工后，张林和父亲边走边说，昨天那个赵老师中暑昏倒，中午就吃上了病号饭！听说每顿不是鸡蛋面丝儿就是水滑面叶儿，大白馒头随便吃！

张林的口水都快流出来了！

突然，“扑通”一声，走在前面的张林一声尖叫，一条腿掉进了路边的排水沟里，张林疼得龇牙咧嘴。父亲赶忙叫来几个工友，齐心协力把张林弄上来。

当天晚上，张林就吃上了病号饭：鸡蛋面丝儿上面飘着嫩绿的芫荽和金黄的香油，张林吃得满头冒汗。

不过，吃上病号饭的代价也够大的，张林的腿从此再也没有治好。

乡亲们远远看见他总要调侃一番，病号饭好吃吧。

张林满脸通红。这都不算什么，更要命的是，老婆嫌他腿瘸，工资低，又干不动重活，经常和他找茬吵架，要不是有三个孩子，日子怕是过不下去了。

好在张林能忍，让人们眼红的在后头。

当年的民办老师大部分都嫌工资低，纷纷回家种地或外出搞副业（现在叫打工），张林因为腿瘸，（父亲因为力气小也没跳槽的想法），一直坚持到民办老师转正。退休前，工资已涨到两千多啦。

只是夜深人静时，张林总狠狠抽自己嘴巴。

◀ 村　宝

秀田！秀田！我家的保险丝爆了，快去帮我看看！

劳累了一天的秀田正准备睡觉，听到青葱嫂的大嗓门，急忙拿了几样工具跟着青葱嫂去了。

果然是保险丝的问题，秀田三下两下摆弄好，推上闸刀，屋里顿时明亮起来。

好了好了，有电了。青葱嫂摁灭手电高兴地说。

哎，家里没男人还是不行啊。

什么不行？我群柱哥没在家，你不挺好嘛。哈哈。

可别说，村里离了你可真不行哩。犁地撒种，样样都是力气活、技术活。

啥力气活技术活，是个男人都会干。我要是没毛病，早就出去打工了。

是啊是啊。不过，出外打工也不容易，你群柱哥打了十几年工，现在每月不也才三四千块。

嗯嗯，都不容易，都不容易。

哟，秀田啊，我找了你大半个村子，原来你俩在这儿恩恩爱爱呢。

去你的！青葱随手抓起一件衣服向来人扔去！那人哈哈大笑。

那人是菊香。菊香说，家里的电脑坏了一个多星期了，男人想闺女，想视频见见宝贝女儿，可电脑就是开不了机！急死人啦。

修电脑我可不会。秀田为难地说。

保险丝你都会接，这不是小菜一碟？菊香笑完，一本正经地说，你懂电，去帮忙看看吧。菊香力气大，拉住秀田的手就走。

秀田的左手，年轻时下河炸鱼，被雷.管炸得只剩一个肉疙瘩。出外打工，都嫌残疾，不要。

没想到，留守在家的秀田竟成了"村宝"。

跟在菊香的身后，秀田有几分得意，几分无奈。

◀ 村　规

张亮正在电脑前打印一份材料，手机响了。是老家的铁柱打来的。铁柱在电话里哽咽着说，我爹老了，你快回来。

铁柱说的"老了"就是老人去世了。铁柱和张亮并不是什么亲戚，只是一个村的。按理说，铁柱不该让张亮回去呀。

事情是这样的。三年前，张亮的母亲去世，张亮回家奔丧，竟然连"举重"（抬棺）的人都找不齐。按老辈传下来的规矩，"举重"的男人必须儿女双全，死者的后代才能兴旺发达。可现在，别说儿女双全，就连光棍都出去打工，留守在家的都是老弱病残。

这可难坏了张亮。去外村掏钱请人，也没有。各村的情况都一样。没办法，瘸了一只腿的老村长亲自上阵，又找了两个年纪大的，总算把人顺利下葬。

张亮母亲安葬后，老村长召集全村人拟定了一条村规：凡是家有老人的，不论身在何地，村中有人去世，无论何种理由都必须回家帮忙。

村规一出，村人纷纷赞同，张亮夸老村长出了一条好主意。

现在，铁柱的爹去世，张亮不回去能行吗？况且，张亮的老爹也还在老家哩。

张亮犯了难，该怎样向老板请假，解释这条奇怪的村规呢？

◀ 村　骂

回家过年，早上本想睡个懒觉，却被一阵叫骂声惊醒。

"哪个挨千刀的，偷我白菜啊。想吃说一声啊，欺负人也不是这么欺负的。吃我白菜，不得好死啊！

听这声音挺熟悉的，好像是村东头的驴子叔。我暗笑，为几颗白菜，一个大老爷们像泼妇一样骂街，不是太掉价了吗。

我问在厨房做饭的母亲是不是驴子叔，母亲笑着说，不是他是谁？都骂了一个夏天一个冬天了。

都骂啥呢？

夏天骂偷豆角的，冬天骂偷白菜的。估计过不了几天，该骂偷萝卜的啦。

我很奇怪，现在农村富裕了，村里的商店啥菜都有，况且萝卜白菜值不了几个钱，至于去偷么。

母亲说，反正咱家的菜一次也没丢过。有时吃不完，送人，人家还不想要呢。

我更奇怪了，难道驴子叔是吃饱了撑的？

可不是么。一辈子省吃俭用给儿子在县城买了房，结婚后小两口再没回来过，好像他爹已经死了。

我一阵心酸。明天就是大年初一了，我决定明天一早去给驴子叔拜年，顺便，把村里回来过年的几个晚辈都叫上，一块去。

母亲说，他不骂街怕人们忘了他。

解救一头狮子

◀ 过　年

　　红红的春联贴上了，噼里啪啦的鞭炮响起来了，热腾腾的饭菜端上来了……

　　坐下吃饭时，林强试探着对老婆说，要不，咱把爹接来一块儿过个年？

　　就你能！兄弟五个，是你一个人的爹？

　　林强像被饭噎了一下不敢吱声了。

　　吃完饭，清扫地上的骨头鱼刺，林强这才想起，家里的狗不见了。往常吃饭时，狗就在桌前窜来窜去的。狗一定是怕鞭炮躲起来了。去年过年，惊天动地的鞭炮声把狗吓得藏到床下面，藏了两天才出来。

　　林强先去几个床下找了，没有；院里院外找了一圈，也没有；麦场上的柴垛都看了，还是没有。

　　返回来路过爹的小屋，林强发现爹的屋门竟然上着锁。咦，这大过年的，爹去哪儿了？被兄弟们接走了？

　　林强心里一阵内疚，又一阵欣慰。

林强是在后山的一个破窑洞里找到爹的。爹坐在洞口的石头上默默地抽烟，地上，是几根肉骨头，林强家的狗正津津有味地吃着。

爹，你咋跑这儿啦？

爹没有搭话，倒是狗马上停止进食，摇晃着尾巴亲昵地走近他。

林强恼羞成怒，一脚踢开狗，脸红得像猪肝。

爹抚摸着躲进怀里的狗，两行浊泪流了下来。

——《吴地文化闪小说》2017 年第 1 期

◀ 牢骚满坡

过完寒露，该种麦了。南山坡顶，德文老汉扶犁执鞭，一头老黄牛在前面一冲一冲地拉犁，新翻的泥土散发出阵阵的土腥气。

德文老汉老了，牛也老了。不到三四个来回，牛和德文老汉一样，呼呼地喘气。德文老汉"吁"的一声，收紧撇绳，站在原地。伸手掏烟，却只摸出一个瘪瘪的烟盒，扔了。

歇息了一会儿的老黄牛，拉起犁来还是东倒西歪的。"叭"的一声鞭响，牛猛地向前一窜！"日你娘！踩墒啊！"（踩墒，即让牛沿着犁沟走）这时，强生媳妇正好从这里路过，"吃吃"地笑了，说，大叔教了一辈子书，还说脏话啊。

德文老汉有些尴尬，脱口而出说，都是叫狗日的牛气的！

看看！脏话又来了吧。强生媳妇笑得弯下腰。

德文老汉也哈哈笑了，这时，腰间的电话响了：老哥，下来吸颗烟，歇会儿呗！

德文老汉向沟底一望，张亮他爹向他招手。便关了手机，一边向沟底走一边嘟囔：也不知道给儿子省几个电话费。

两个老汉吸了烟，并排在地头坐了。你说你，儿子都考上名牌大学，还折腾啥哩？德文老汉吐了一口烟圈说。

你咋也笑话我哩，老哥。张亮考上大学那几年，我确实激动过，感觉腰板都挺直了，干活不知道累。满以为，儿子毕业有了工作，我们就能享福哩。谁知道，毕业后，买房、结婚，前几天生了个孙子，他妈去伺候了。哎……

嗨，我那儿子倒是成年窝在家里，守着我这个孤老头子，还能守出个花儿呀？

两个老汉默默吸了一会儿烟，起身准备干活。

日头快要落山了，德文老汉觉得，那日头咋看咋像刚出来那般又圆又红……

◀ 机不可失

一大早，翠婶就起来了，连牙也顾不上刷，急匆匆地向村口走去。

前几天，村里来了几个卖足浴盆的，每天早上作保健知识讲座，前二十名听众还可得到一份免费礼品呢。

赶到村口的杨树林时，翠婶望了一眼：嗬，小马扎上坐满了老头老婆。看来，今天的礼品是拿不到喽。但既然来了，就听听吧，翠婶这样想着，找了一块石头坐了下来。

看看人到得差不多了，一个戴眼镜的小伙子走上台，说一口流利的普通话：各位爷爷奶奶叔叔阿姨，早上好！非常感谢大家在百忙之中来听我们的保健知识讲座。俗话说，人老先从脚上老。脚上的穴位最多，有效按摩脚部的穴位，可增强血液循环，加速新陈代谢，达到强身健体延年益寿的目的，今天请大家继续免费体验我们的足疗按摩盆。机器数量有限，欲购从速。机不可失时不再来……

不知什么时候，翠婶竟睡着了。她是被一阵稀里哗啦的掌声惊醒的。翠婶知道，讲座结束，该发礼品了，就习惯性向前台走，但突然想到，今天没自己的份儿，就赶紧退回来。

戴眼镜的小伙子挥手止住喧闹的人群，手持电喇叭说，各位乡亲不要着急，为了答谢大家的厚爱，今天的礼品人人有份，大家不要挤，一个一个来……

幸运！太幸运了！翠婶拿着到手的礼品——一个不锈钢汤勺，心中激动不已。翠婶想，等忙完了抽个时间，把这几天得的礼品：两把牙刷和一把汤勺，给城里的儿子送去。趁现在腿脚利索，多去儿子家走动走动。机不可失时不再来，翠婶想到刚才戴眼镜的小伙子讲的这句话，突然眼眶一热。

◀ 鸡蛋茶

豫西南农村，家里来了尊贵客人，最高待遇是饭前先上一碗鸡蛋茶。

鸡蛋茶有囫囵的和打碎的两种（囫囵的也叫荷包蛋），一般打六个鸡蛋，放红糖，图个吉利。

父亲每次从外婆家回来，都要向人们炫耀：丈母娘让我喝鸡蛋茶啦。按常理，新女婿去丈人家前几次是必喝鸡蛋茶的，婚后，这个待遇就慢慢取消了。但父亲一直享受这个优待。

父亲喝外婆的鸡蛋茶连续几十年，胃口一直很好。前年，父亲得了慢性胃炎，再喝外婆的鸡蛋茶有些吃不消。父亲向外婆说明情况，但外婆依然我行我素，每次父亲去，必烧鸡蛋茶，并且，看着父亲一点点吃完。父亲不吃，外婆就生气。

父亲去外婆家的次数明显少了，实在推脱不掉才去，但回来后，得赶紧吃健胃药，并且让肚子空一顿不吃饭，父亲向母亲抱怨外婆有些老糊涂。母亲呵呵笑了，笑着笑着，眼泪忽然流下来。

母亲告诉父亲，外公患食道癌最后的日子，滴水不进，骨瘦如柴。每次吃饭，外公坐在桌前监督着外婆。吃……吃……吃啊！有一次，外婆实在吃不完，外公大发脾气，掂起盘子向外婆的脸上泼去！

外公艰难地弯下腰，双手在地上捡拾着泼洒的剩饭，大颗大颗的泪珠夺眶而出……

◀ 牛大胆杀猪

当牛大胆挑着杀猪工具赶到部队的养殖场时，几个帮忙杀猪的战士都等急了。

放下工具，牛大胆向猪圈一望：嗬！一头大黑猪有三百多斤，不停地在圈内转来转去。牛大胆慢慢走进去，用手轻轻挠猪背。猪渐渐安静下来，不一会，竟卧倒了，发出舒服的"哼哼"声。

牛大胆使了个眼色，几个战士一拥而上，齐心协力，把嗷嗷乱叫的猪抬上案板。牛大胆颤抖的手几乎握不住刀，连捅几次也没捅中要害。按猪头的战士满头大汗，说，同志，你到底杀没杀过猪啊？咋没杀……杀过。牛大胆喘着粗气说，早上来得急，刀没磨好。说话间，有战士递来一根明晃晃的刺刀，牛大胆接过刺刀再次向猪捅去，猪一声惨叫，突然从案板上跳下来，一摇一晃逃跑了！

闻讯赶来的首长立即命令战士们追击，为防止受了惊吓的猪伤人，首长果断下令对猪进行实弹射击，猪马上被打成筛子状倒下了……

按照部队的惯例，杀猪匠会分几斤猪肉作为酬劳。牛大胆红着脸挑起工具就走，首长撵过来说，慢走！还没分肉呢？

我不要了。不会杀猪，给同志们添麻烦了。牛大胆声音像蚊子哼哼。

首长哈哈一笑，说，我看出来了——那你为什么冒充？胆子可真大！

牛大胆嗫嚅着说，社员们一年到头连个肉星也见不到。快过年了，想杀猪混点肉回去给社员们包顿饺子改善生活，过过瘾。

哦，这样啊——要说战士们还得感谢你呢。他们一直没有实弹射击的机会，手早就痒了，这次可过瘾啦。

首长大手一扬，大声喊，小王，给牛同志弄块大的五花肉，让乡亲们过个好年。

——《柳色》电子杂志 50 期

解救一头狮子

◀ 逃跑的可乐

夏天到了，看见同学们喝着各种各样的饮料，望望的口水都快流出来啦。

尤其那种叫"可乐"的饮料，细细的瓶身，墨汁般的颜色。肯定好喝极了！

望望很想喝可乐，但没钱。这个小小的愿望像一颗种子在她的心里生根发芽。直到有一天，望望攥着偷偷捡废品挣来的钱，兴冲冲地跑到百货店门口，心还怦怦直跳。

接过售货员从冰柜里取出来的可乐，望望一口气跑到村后一个无人的角落，用衣角仔细擦拭掉瓶子上面的水汽，然后准备拧开瓶盖。突然，望望想起一个重要的问题：可乐在冰柜放了那么久，好喝的味道都沉到瓶底了吧？

望望为自己的小聪明暗暗得意。她举起可乐瓶子，摇啊摇，使劲摇，感觉摇匀了，才小心翼翼地拧开瓶盖，只听"嘭"的一声，一股股带着酸甜味的泡沫争先恐后地从瓶子里窜出来，可把望望吓坏了！她手足无措，慌忙去盖瓶盖，却怎么也盖不上！泡沫还是从手指缝里往外冒，望望简直要气哭了！

一瓶可乐没开始喝，先跑掉了一大半。望望既懊恼又羞愧，她吮吸着手上残留的可乐泡沫，酸酸甜甜凉丝丝的，味道真是好极了！

望望把瓶盖拧了又拧，生怕可乐再逃跑似的，一步一步地慢慢向家中走去。家里，六十多岁的奶奶也没喝过可乐呢。

——《湖南 2016 年度闪小说精选》

◀ 抉　择
······················

马小山拉着旅行箱走进村里，顿时吸引了一村人的目光。

只见马小山一身的名牌服装，皮鞋擦得油光锃亮。最让人眼红的是脖子上那条粗大金黄的项链。有人不太相信，说，不会是铜的吧？

开国际玩笑。马小山不屑一顾，说，不信来摸摸？

发了？真发了！这小子，他爹把他揍好了。

马小山永远记得三年前离家出走的情形：父亲从镇上的一家网吧把他揪出来，一顿暴揍，打得他鼻青脸肿。就在那个夜晚，马小山离家出走并放下狠话，不混出人样绝不回家。

马小山回家，父母喜出望外。父亲颤抖着手，接过儿子递来的烟，使劲吸了一口说，说，当年的事爸对不住你，下手太重了，我后悔啊。过去的事就别提了。马小山说，我确实不是上学的料。但是没文化照样可以挣大钱。这几年，我在广州的一家沙发厂干，学会技术工资挺高的。不久以后，一定会有钱的！我会好好孝敬你们二老。父亲说，那个不重要，只要你平安回来，只要你和我们永远在一起，我和你妈都知足了。

马小山将自己的旅行箱放了个妥帖的位置，洗澡去了。父亲想去把小山的脏衣服拿出来，突然捂住了嘴巴。

那个夜晚，父亲辗转难眠。他知道愿望要迟几年来临。他后悔自己当年下手太轻，后悔自己教子无方。这次，他要做个不后悔的决定。

旅行箱里，是整齐码放的一摞摞崭新的假钞。

◀ 麦秸垛

庆玉老汉赶集回来，铁青着脸。老伴小心地问，老头子，你这是咋了？庆玉哼了一声，指着闺女翠兰的脑门说，你呀你，有眼不识金镶玉！

事情还得从开春时说起。媒婆给翠兰张罗了个对象，下洼村的。翠兰嫌那小伙长得黑、瘦，黄了。在此之前，也有好多媒人上门提亲，翠兰总是挑三拣四，没有一个满意的。老两口为这事快愁死了。

今天上午，庆玉赶集路过下洼村，看到村口一个又圆又大的麦秸垛，暗暗赞叹：这一家一定是种庄稼的好手！一打听，巧了，正是以前媒人给介绍的铁柱家！而且，庆玉还打听到，铁柱仍没订婚呢。

听父亲提起铁柱，翠兰嘴一撇，还是那句老话：黑的像锅贴，瘦的像猴！

黑点咋了？健康！白了能当馍吃？瘦点咋了？瘦点干活利索！

庆玉连珠炮地说完，以不容置疑的口气，说，明天让你娘再去找一下媒婆，好人家不能错过！

翠兰哭着进了自己的房间。

多年以后，翠兰才听丈夫铁柱说，当年的麦秸垛之所以那么大，是因为买了一头大犍牛，怕牛草不够吃，买了几百斤麦秸，垛在一起。没想到，歪打正着，娶了个大美人！

每当这时，翠兰都会娇嗔一声：便宜你这货了！

铁柱往往嘿嘿一笑，说，咋了？现在有吃有喝，日子挺滋润嘛。

哼！我姥爷啥眼光？一个大麦秸垛就把他打发了！种地累死人！有啥好？等我结婚时，哼……

等你结婚时你想要啥？翠兰和铁柱齐声问。

要啥？要房要车呗！

说这话的是翠兰的闺女，今年 17 岁了。

◀ 给我发一张

在瑟瑟的寒风中站了两个多小时，手中的传单还有一大半，手都快冻僵了。真后悔接了这个活儿。

我一边跺脚取暖，一边望着来来往往的人群。对面来了一个带小孩的女人，我忙抽出一份传单往女人的手里塞。女人像被炭火烧了一下，猛地把传单抖到地上。小孩好奇地去捡，被女人拉起就走。

我尴尬地笑了。也难怪，我发的是一家妇科医院的宣传海报，谁愿意沾这"晦气"呢？

哼！要不是为了攒钱买那件心仪已久的羽绒服，我早就把这剩下的"晦气"扔进下水道了。

又发了几张，我正考虑是否换个地方时，一个小男孩蹦蹦跳跳地跑过来，说，姐姐，给我发一张！

我一看，正是刚才那个女人领的小男孩，女人微笑着远远地站在一边。

我正纳闷间，小男孩拽下几张就跑了。

不一会儿，小男孩又回来说，姐姐，给我发一张！

这样几次三番，手中的传单终于被小男孩要完了。我搓搓冻僵的手往回走，快走到街尽头时，看见一个老人艰难弯下腰捡起地上散落的传单，他的身旁，是一辆破旧的人力三轮车，车上堆满花花绿绿的传单报刊。

我又看见那个小男孩和几个小伙伴，每人手里举着几张传单，小脸红红，气喘吁吁地跑来，走到三轮车旁把传单往里面一扔，大声说，爷爷，给你！给你！……

我突然明白了小男孩主动要传单的原因，心里热乎乎的。

我掏出兜中散发着体温的五元钱，轻轻塞到老人的手里。我说，天冷，早点回家。

——《中国闪小说年度佳作 2015》

◀ 礼单先儿
·····················

村里的红白事都少不了一个礼单先儿。

顾名思义，礼单先儿就是记礼单的先生。礼单先儿往往端坐于主家的门口一侧的桌子旁。桌上，礼单薄、笔、烟一应俱全。主家的亲朋好友到此，礼单先儿都要先敬烟或打招呼，然后提笔：某某某小麦贰升；某某某洋伍圆……

礼单先儿吃完午饭，会把所收的礼物礼金汇总，把礼单薄交于主人过目，然后把礼金给主人，就算万事大吉了。

庆玉是顺阳川有名的礼单先儿。庆玉人好，和善，写得一手好字，很受村民欢迎，几乎逢请必到。但最近出了两件事，他很郁闷。

第一件事是铁柱的母亲去世，找了庆玉。交接时，铁柱发现一张五十元的假钱，委婉地提出来。庆玉好不尴尬，急忙回家取来五十元钱要垫上，被铁柱坚决拒绝了。

为这事，庆玉被老婆多次埋怨，并劝他长点记性，又不是缺吃的。庆玉说，乡里乡亲的，举手之劳，以后注意点就是了。说这话没多久，大牛的儿子结婚，庆玉竟又收了一张一百元的假钱。庆玉那个气哟，发誓再也不干了。倒是大牛劝他莫生气，说也许是哪个朋友搞恶作剧。

礼单先儿不是谁想干就能干的，村人依然来请庆玉。庆玉再三推辞，来人便动了怒，你放心好了，收到多少假钱我都认了。话说到这份儿上，不去太不近人情了。

庆玉再次出现在礼单桌前，桌上多了一件新装备———台崭新的验钞机。

◀ 理　发

走出售票厅大门，他突然想起回家之前还有一件重要的事情没有完成——理发。尽管半月前才理过，尽管头发还那么有型。

坐在美发店的镜子前，年轻的理发师手握剪刀，端详他的头发半天才问，哥，理个什么发型？

短发，越短越好。

哥，其实……其实你留长发更好看。像你原来这种发型，稍微修剪一下就可以了。

望着镜中的自己，长发覆盖下，脸显得更瘦了。

短发，剪短点。他似乎下了很大的决心。

走出理发店，他感到心里好轻松。

他似乎看到母亲站在村口的杨树下，一遍遍地张望，盼望着那趟班车早日把儿子送回来，过个团圆年。母亲已经快 70 岁了，唯一放心不下的就是他这个小儿子。三个哥哥都已成家，倔强的母亲认为自己身体还行，坚持自力更生，单独居住。他想象着母亲看到他的样子：像小时候那样，母亲慈爱地摸着他的头，望着他的脸，满腔欢喜地说，儿子，还行！不瘦。出门在外，平安健康才是福啊。

他还想告诉母亲，半月前他已有了女朋友。他不想告诉母亲的是，征服女朋友的，不只是他那颗善良上进的心，还有，那头飘逸的长发。

◀ 闲　冬
·····················

腊月，天冷，人闲。

村东桂兰家的山墙下，几个女人边吃饭边扯闲话。桂兰把空碗往地上一撂大着嗓门喊：丹根！丹根！一个戴狗皮帽子的小男孩一蹦一跳地跑了过来。妈，喊我撒（啥）四（事）？几个女人都笑了。桂兰让丹根把碗端回家，顺便拿捆龙须草到后沟的水坑里泡泡，好搓绳子织地毯供他明年上学。一个女人对丹根挤挤眼，说，不去！还人种呢（家中唯一的男孩），另一个女人尖声说，哟，桂兰，你男人今儿去卖地毯揣一疙瘩钱回来，你也不歇歇——把银行里的钱都挣完啊，桂兰哈哈笑了，我是想挣，可没那个命么。

丹根掂着一捆草一路小跑到了后沟，一看傻眼了，坑里结满了冰，怎么办呢？

半个钟头过去了，丹根还没回来，桂兰慌了：丹根会不会掉水坑里了？

她没心情说笑了，大步流星地向后沟跑。一边跑，一边大声喊着"丹根",声音里带着哭腔。

桂兰看到丹根时，丹根已把冰面砸了一个大洞，龙须草在水下泡着。丹根捧了块冰，没走几步，冰块就从手上滑落摔碎。桂兰亲自动手，砸开一块冰，捧在手里贴近嘴巴呼呼地吹气，冰上渐渐融化开一个小洞，扯来几根龙须草从小洞里穿进去，把冰块牢牢地绑了。

丹根目不转睛地看着妈妈，眼神里满是羡慕和钦佩。妈妈就是一个足智多谋的大英雄呢。

◀ **响　鞭**
....

大清早，小马和妻子在睡梦中被一阵阵"叭叭"声惊醒。谁呀？真烦人！妻子翻了个身嘟囔道。小马侧耳细听，"叭叭"声似乎来自小区附近的一个公园。反正睡不着了，小马索性穿衣起床，跑步到公园看个究竟。

在公园大门东侧的一处空地上，小马看到一个老头手持一条两米多长的鞭子，缓缓举过头顶，猛然往下一甩，鞭子在头顶划过一道弧线，"叭"的一声爆响。恼人的声音果然来自这里！

小马准备趁老头休息的间隙，走上前劝说老人不要在大清早甩鞭子，以免扰人清梦。但走近一看，小马才看清：这不是局长大人他老爹吗？前几天才从乡下过来。小马脱口而出："张叔您好！鞭子甩得真好！"那是！在农村赶过几十年的马车啦。老人也不客气。

小伙子，你学不学？我教你。锻炼肌肉呢。

不学，不学，我还有事，小马讪笑着，灰溜溜地回家了。

此后，每天清晨，"叭叭"的鞭子声总是准时响起。小马夫妇苦不堪言，无计可施。看来，老头要在城里常住下来啊。

又是一个清晨，小马早早地来到公园，提着一条崭新的长鞭走到老头跟前，毕恭毕敬地说，张叔，你教我吧。老人哈哈笑了。

小马学得很快，不一会，就能把鞭子甩得脆响。小马和老人你一下我一下，"叭叭"声此起彼落。渐渐地，有许多跑步的人加入了甩鞭子的队伍，小小的公园很快被他们占领了。

终于有一天，一群人扛着摄像机，浩浩荡荡地来了。当晚，市电视台播出一则新闻：鞭声扰民何时休？引起市民强烈反响，纷纷要求制止这种扰民行为。

很快，公园管理处下达了"禁鞭令"，小马夫妇又能睡个好觉了。老婆望了望挂在卧室墙壁上的长鞭，嗔笑道，花了几十元睡个好觉，真值！小马得意地笑了。

◀ 五 福

　　很热闹。一大群人在村口的槐树下，一边吃饭一边说着家长里短。李三讲了个笑话，人们哄堂大笑。五福把饭碗往地上一撂，说，我给你们讲一个，比这个更好笑。五福刚讲了个开头，人们笑得东倒西歪，有人把饭都呛了出来！

　　原来，五福讲的笑话正是刚才李三讲的。

　　五福是我的邻居。听说是小时候生了一场大病，耳朵聋了。某年麦天，五福的父亲从地里托人捎话让五福带根担子，五福拿了一把扇子汗流浃背地跑到地里，遭到了父亲的一顿臭骂。

　　俗话说耳聋三分傻，五福为此没少受村人的奚落。那时候，村小学缺老师，五福就去了。自然，因为耳聋在学校也出了不少笑话。但五福深知自己的缺点，工作认认真真兢兢业业，深得领导和同事们的好评。五福一干就是三十多年，其间，有不少的民办老师嫌工资低，纷纷辞职，或回家种地或外出搞副业（现在叫打工），五福因为身体不太好再加上耳聋，有了几次辞职的想法都被他的父亲坚决地制止了。

有坚持必有收获，赶上了党的好政策，五福由民办转成了公办，去年退休，工资已涨到将近 2000 元。

退休后的五福和老伴只要了一块菜地。没事时，五福喜欢骑自行车去方圆附近的村庄游荡。田野里，农人们腰弯如弓，挥汗如雨。有曾经辞职的民办老师，一抬头望见五福，总要说一句：这个聋子！

聋子听不见，东看看，西望望，优哉游哉地骑着车。

◂ 张飞的自行车

张飞骑着一辆崭新的飞鸽牌自行车进村，立即吸引了乡亲们的目光。

那时候，自行车还是奢侈品，只有镇上的干部有这玩意儿。张飞停下车，乡亲们围上来，议论纷纷。

黑老三说，不会是偷的吧？

嗤，开国际玩笑！光明正大买的！

买的？在人们的印象中，张飞是个二流子，不喜欢干农活，非要出去搞副业，好几年也没回过家。

张飞哈哈一笑说，我现在是镇丝毯场的技术员，上班快一个月啦。

在人们怀疑、羡慕的目光中，张飞跨上车，猛蹬几下，经过麦场那个又长又陡的下坡时，突然大撒把，引起一阵阵惊呼。这小子，太狂了，早晚非摔死不可！

张三再次回村引起人们注意的是自行车后座上驮的一个姑娘。姑娘白白净净，像是从画上走下来一样，和黑胖的张飞形成鲜明的对比。啧啧！啧啧！黑老三的口水都快流下来了。

兄弟，你那厂子要人不？

要！我这次回来就是招工的。

那技术我学得会不？

只要好学上进，没有学不会的东西！

那我们以后也买得起自行车？

小菜一碟。

张飞耐心解答乡亲们的问题，手里被塞满了香烟。站在一旁的姑娘涨红了脸，不时拽张飞的衣角。

张飞说，有意的晚上去我家详谈，顺便吃喜糖！

哇，张飞烧了高香了！

张飞驮着姑娘再次经过那个下坡时，搂紧双闸，骑得异常小心，连一个小石子都要避让，好像带的是一块玻璃。

捉迷藏

每到星期天，李娟就非常发愁。愁什么？愁儿子张涛痴迷于电脑游戏。

这天，张涛写完作业，迫不及待地去开电脑，被李娟发现。李娟大怒：就知道玩游戏？不会出去玩！

张涛涨红了小脸争辩道：玩什么？找谁玩？

什么不能玩？我们小时候推铁环、丢沙包、捉迷藏……啥都玩过。

李娟正思考着让儿子和谁玩时，店门口进来两个小男孩，是张涛的同学。原来，张涛的这两个同学也是在家玩电脑，被家长撵出来的。

张涛笑嘻嘻地对其中一个同学说，走，上你家捉迷藏去！

望着三个孩子远去的背影，李娟长舒了一口气。

不到十分钟，张涛噘着小嘴气呼呼地回来了。张涛说，同学的妈妈不让在她家捉迷藏！说是怕丢东西！

李娟苦笑了一下。

放暑假了，张涛被妈妈送到乡下舅舅家。张涛欢呼雀跃，这下终于可以捉迷藏了！谁知到了舅家才知道，他的两个表弟都不在家。舅妈说，两个表弟早就嚷嚷说想玩电脑，一放假就让你舅舅送到城里他们的大姨家了！

◀ 传　单

这会儿，张三突然想要一张传单。倒不是对传单的内容感兴趣，而是觉得发传单的女子实在太漂亮，今天来学校接儿子来得太早，正闲得无聊呢。

美女挨个往人们的手里塞，甚至电动车篓里、汽车把手里都塞。快走到张三身边时，张三满心欢喜地伸出了手。谁知，美女好像没看见，越过他继续往下发了。

张三很尴尬。妈的，狗眼看人低！他想，下次无论如何也要讨一张，看也不看，"嗤啦"一声撕烂，然后扔到地上，扬长而去！

张三骑着叮当作响的自行车，驮着儿子走在回家的路上，心里还是愤愤不平。人若晦气，喝口凉水都塞牙。这不，走到半路，自行车的链子掉了。张三倒腾了一会儿把链子重新装上，两手弄得油乎乎的，儿子从路边捡来几张传单让他擦手。张三擦完手正准备扔时，突然感觉传单很眼熟：背景是蓝天白云和一株向日葵，哈，这不是刚才那美女，不，那女人发的吗？

张三展开传单，只见上面写着：亲爱的家长朋友，你还在为孩子学习成绩不好发愁吗？你还在为孩子没有一技之长而担忧吗？清华之星教育培训中心为你解忧。走进清华，走近清华……

张三哈哈笑了。儿子学习成绩在班级数一数二，每次开家长会，老师都表扬张三教育有方，号召家长向他取经。这一点，也是张三最引以为自豪的。干着繁重的活儿，想到聪明可爱的儿子，张三浑身上下充满了劲儿。

由此看来，那个发传单的女人，不，那个美女，倒是挺有眼光的——自己的儿子不需要培训嘛！张三吹着口哨，把自行车骑得风驰电掣！

◀ 找头发

　　贝贝一觉醒来，突然"哇哇"大哭。正在厨房做早餐的妈妈闻声赶来，说，贝贝，你怎么啦？做噩梦了吧。

　　贝贝噘起小嘴，又指了指自己的头，说，妈妈，我的头发不见了！

　　妈妈呵呵笑了，她慈爱地摸着贝贝的头发说，这不是头发么。只不过，变短啦。

　　不，妈妈，我要长头发！我的长头发呢？

　　妈妈笑得更厉害了。妈妈想，这丫头，知道臭美了呢。

　　妈妈说，贝贝，你马上就要上学了。妈妈上班没时间给你梳头，等你长大了再留长发，好吗？

　　不，我就要长头发！妈妈，好妈妈，你帮我找回来吧。

　　贝贝赌气，早饭不吃。妈妈哭笑不得，但也没有办法。

　　妈妈拉着贝贝去了昨天的理发店。妈妈指着地上的黄头发说，这是你的头发吗？贝贝摇摇头。妈妈又指着垃圾袋里的红头发说，这是你的头发吗？贝贝又摇摇头。

妈妈带着贝贝找啊找，终于在贝贝十七岁那年，把长头发找了回来。这时的贝贝已长发齐腰，乌黑发亮。贝贝成了一个如花似玉的大美女，心里别提多高兴啦。

心情高兴的贝贝拉着妈妈去超市购物，因为接了个电话，贝贝落在妈妈后面。等气喘吁吁的贝贝追上妈妈，突然发现妈妈的头发也不见了。妈妈的一头乌发竟白了大半。贝贝拉着妈妈的手，哽咽着说，妈妈，我帮你找头发。

妈妈回过头惊奇地问，贝贝，你说什么呢？

◀ 好久不见

李军给赵志打电话："兄弟，好久不见，出差了吗？"

电话那端赵志哈哈笑了："我哪儿也没去，就在县城待着。"

鬼话，我怎么没看见你？

我倒是看见你好几回呢。

兄弟，啥时学会说谎了啊。李军挂了电话。

李军和赵志是好朋友，隔三岔五总要聚一聚，海阔天空地聊一通，人生在世有几个无话不谈的好朋友，痛快。

县城实在太小，随便转一圈就能碰见几个熟人。李军这段时间确实一次也没见过赵志。

李军感觉赵志变了，变得会说谎，变得不可捉摸了。李军渐渐疏远了赵志，拒绝了赵志多次"聚一聚"的请求。

一天，李军骑自行车下班回家，远远地听到有人喊他的名字，寻了一圈，才发现对面的一辆小轿车上，赵志从驾驶室探出头来，向他微笑。

李军正要说好久不见，但看了看赵志的小轿车，立刻明白赵志所说的见过他好几次是一点也不假的。

李军张了张嘴，到底什么话也没说出来。后面有"嘀嘀"的车笛声响起来。

◀ 盘子破碎的声音

知道儿子喜欢听盘子破碎的声音是一个偶然的机会。

那次，他抱着牙牙学语的儿子在厨房看着老婆忙活，老婆一不小心，打翻了一个盘子，盘子落地清脆的声音竟然逗得儿子咯咯笑起来。

这是儿子第一次笑。他和老婆高兴啊！要知道，老来得子是多么来之不易！

他买来一摞盘子，时不时摔上几个，虽然他也心疼钱，但有什么比让儿子开心更重要的呢。

于是，听盘子破碎的声音成了儿子儿时最美妙的音乐。

现在，他的儿子大了，结婚了，也常常听盘子破碎的声音，不过，摔盘子的是儿媳妇。

儿媳妇一边摔一边骂：我怎么瞎了眼，嫁了你这个小祖宗啊！

盘子碎了一地，他们老两口的心，也碎了一地。

◀ 最好的礼物

简陋的病房，经过孩子们的精心布置，一下子变得温馨烂漫起来。五颜六色的气球飘荡在天花板下，病床对面的墙上，贴着一个大大的圣诞老人的画像。不错，今天是圣诞节，孩子们有理由高兴。更重要的是，今天卡尔市长要来看望大家。

詹姆斯院长轻轻推门而入，面带微笑说，孩子们，都准备好了吗？

准——备——好——了！孩子们齐声回答。

杰克摸了摸自己的小光头，小声问，卡尔叔叔会给我们带什么礼物呢？

孩子们哄堂大笑，詹姆斯院长也笑了。詹姆斯院长说，现在离卡尔叔叔来访还有一段时间，我们可以想象一下卡尔叔叔将要带给大家的礼物，好吗？

卡尔叔叔会给我们带来很多的玩具。

卡尔叔叔会给我们带来好多好吃的零食。

卡尔叔叔会给我们带来很多好看的衣服。

孩子们正沉浸在美好的想象中，病房的门开了，卡尔市长进来了。哇！好亮啊！孩子们惊奇地看到，卡尔叔叔竟然也剃成了光头！以前在电视上看到的卡尔叔叔是一头浓密的黑发呀。短暂的沉默后，孩子们都不约而同地卸下了假发和帽子，露出了一颗颗小光头。

◀ 一条流浪狗

不知什么时候，村庄里跑来一条流浪狗。它一身脏兮兮的毛，已看不出原来的颜色。这条狗总是在早上或中午出现，怯怯地站在人家的猪槽或狗盆边观望。

张强注意到这条狗很久了。开始的时候，张强心生怜悯，自家的狗吃剩的食儿，由这条流浪狗收拾残局。时间一长，张强有些烦，甚至厌恶这条狗。脏，气味难闻是其一，其二张强觉得它还有点死心眼、贪得无厌——村子这么大，不会去别处呀？

这天，张强去镇上办事回家有些晚，路过一个废弃的村庄（几年前搬迁留下的），忽然听到狗叫声，张强吓了一跳。张强是个好奇心很重的人，他摁亮手机，循着狗叫的方向找去。果然，在一处废墟下发现一条脏兮兮的狗。那狗见了张强，停止吠叫，站起来摇晃着尾巴。张强仔细一看，嗬！这不是那条流浪狗嘛，原来它有家啊。忽然，张强意识到了什么。他用手机上的手电筒，照了照四周，发现这个位置竟是舅舅家的老宅。舅舅一家一年前因为南水北调搬迁走了，走前，舅舅家的那条狗也卖给狗贩子了。这条狗难道是舅舅家的？以前，张强去舅舅家，那条狗总是围着他转呢。

直到回了家，张强的心里还是很难受。

第二天，当那条流浪狗再次来张强家觅食时，张强把早已准备好的骨头扔给它。流浪狗吃得津津有味，不时用感激的目光看着张强。张强的泪慢慢流了出来。

解救一头狮子

◀ 守　望

老了老了发啥神经？这话说的是村里的德福老汉。也是，都快七十的人了，近来突然迷上了爬山。

德福村前的那道山，在方圆附近算是最高的。站在山顶，山下的几个村庄一览无余。每天早上和傍晚，德福都要爬山。到了山顶也不转悠，找一开阔处坐下，掏出烟吸，直到山下的炊烟袅袅升起，德福才慢慢站起身，拍拍屁股上的土，自言自语道：回家做饭喽！

有一回，德福在山顶正呆呆地坐着，山上放羊的三清走到他身边问，大爷，你看啥哩？德福吓了一跳，说，看日出。咦！那你下午来是看夕阳？是啊。德福哈哈笑了。老了老了咋恁矫情！三清哑然失笑，摇摇头，走了。

一天傍晚，天空飘起细雨，三清赶着羊群准备下山，只见德福小跑着追上来，气喘吁吁地说，三清帮个忙，我替你看羊，你赶快到山下的吴家洼去，看看你李菊香奶奶有事没？

李菊香？我不认识啊？

你去问问不就知道了。村里没几户人家了。

啥事这么急？

不要问了，抓紧时间去吧！

三清带回来的消息让德福老汉大吃一惊。原来，李菊香病了，发烧躺在床上两天两夜没吃饭。幸亏三清及时拨打了120，村里人把她送到医院了。

事后，三清问，大爷，你没去吴家洼怎么知道李菊香奶奶出事了？

看炊烟啊。我都两天没看到她家的炊烟了。

哦。我咋说你有闲心看日头哩。

三清不知道，李菊香是德福老汉年轻时的相好。李菊香的老伴一个月前去世了。

◀ 种椅子

．．．．．．．．．．．．．．．．．．．．

　　维尼患了一种奇怪的病，医生说，这种病在世界范围内都很
罕见，目前还没有治愈的个案，患者恐怕除了睡觉，其余时间就
要在椅子上度过了。

　　维尼无意中听到医生和父亲的谈话，吓得哭了起来。倒是维
尼的父亲，一副若无其事的样子。父亲说，儿子不要怕，我给你
做世界上最好的椅子。父亲是个有名的木匠，他做出的家具供不
应求。

　　维尼出院回家的一天早上，父亲把他抱上轮椅推到院子里，
说，儿子，你等着！父亲用电锯锯倒了两棵碗口粗的小树，小树
倒地的瞬间，维尼仿佛听到一种奇怪的声音，心里猛然一颤。父
亲刀砍斧削，叮叮当当，不时有树的汁液溅到身上，维尼不忍直视。
半下午时分，一把漂亮的椅子做成了。让父亲百思不得其解的是，
维尼无论如何也不肯坐这把椅子。后来，父亲给椅子加了两个轮
子，并在椅子靠背上贴了许多维尼喜欢的明星，维尼还是不肯坐。

也许这种病对儿子的打击太大了，随他去吧。所以，当维尼提出要去学习园艺时，父亲没问任何理由，答应了。

多年以后，维尼成了一位有名的园艺师，不，应该叫艺术家。经过多年的实践，维尼利用阳光空气和泥土，成功地把椅子从地上"种"出来！他利用学到的园艺知识，根据树木品种，在树木生长的不同阶段，稍加干预，施加外力，使树木长出所需要的椅子形状。父亲早已不干木匠了，现在是维尼的得力助手呢。

有记者慕名采访维尼，其中有个问题：当年为什么不坐父亲做的椅子？

维尼答：我怕树疼。

让人不可思议的是，维尼的病两年前竟奇迹般地痊愈了。

——第二届"潇湘文化杯"闪小说大赛优秀奖

《湖南2016年度闪小说精选》

解救一头狮子

◀ 文化衫

爹一个接一个电话，终于把儿子从城里拽了回来。

爹是让儿子回来割麦的。麦熟一晌，时令不等人啊。儿子在城里一家网吧上班，工资蛮高的。儿子说，他一个月工资买的麦子，爹一年也吃不完。爹恼了：那就让麦子烂在地里？

儿子终于回来割麦了。看见儿子穿着一件雪白的 T 恤衫，前胸后背都印着一行英文，爹点着儿子的脑门说，看你哪是干活的样！不怕麦芒刺胳膊啊？儿子说，爹你不懂，这叫文化衫，城里特流行。

爹不再言语，低头唰唰挥动镰刀，不一会儿，麦子在身后倒下一大片。太阳很毒，爹的灰褂子被汗水洇透，湿了又干，干了又湿。爹累了，直起腰活动一下筋骨，再回头一看，哈！儿子已落下十几米。只见他一边漫不经心地割麦，一边听着手机音乐。那样子，就像在网吧上网。

看见爹回头望他，儿子说，爹，歇歇吧？

嗯。歇歇。

坐在地头，儿子递给爹一瓶矿泉水。爹连连摆手说，喝不惯那玩意。爹仰起脖子，咕咚咕咚地灌着从家里带来的凉开水。喝完，爹一抹嘴巴，问儿子热不？热。累不？累。爹笑了：我也是。

爹撩起贴在身上的褂子，来回扇着风。儿子说，爹，下次回来给你也捎件文化衫。

爹哈哈一笑说，把我褂子的两个袖子去掉，不也是文化衫？

儿子笑了。突然，儿子指着爹的后背说，咦，还真是文化衫！

儿子抚摸着爹后背的褂子，眼里一片潮湿。

爹的褂子被汗水印成影影绰绰的图案，像极了一幅水墨山水画。

——《天池小小说》2017 年第 5 期

《小小说选刊》2021 年第 24 期

《星光闪耀 2016 年闪小说佳作选》

◀ 广场书法秀

不知什么时候，广场来了一位练书法的老头。老头须发皆白，颇有几分仙风道骨。老头手持一根一米余长的毛笔，削成圆锥状的海绵笔头，在随身提的塑料桶中蘸下水，挥手在广场的地板砖上唰唰几笔，一个龙飞凤舞的字就出来了。

老头喜欢写毛主席诗词。他写的时候，常有一群人跟在身后看。一边看，一边啧啧称赞。老头呢，只顾埋头疾书，仿佛一切与他无关。用水写字，一会儿就干了，老头又返回来重新写。

一个在广场跑步的小伙子停下脚步，冲老头跷起大拇指。小伙子问，你是书法家吧？老头呵呵一笑说，在家里是家长。你上网吗？不会。小区走廊拐角有只蜘蛛倒是每天上网。大爷真幽默，请问你有微信么？我加一下。老了，啥也不信啦。

小伙子很失望，只好对着老头和地上的字一顿狂拍，如获至宝。

慢慢地，广场上练书法的越来越多，不仅有老人，还有更多的年轻人。

有一天，市电视台的记者慕名来广场采访，人们都呼啦围了上来。一个满脸络腮胡的老人对着镜头侃侃而谈：广场书法是一项有益身心的有氧运动，它不仅陶冶情操，还锻炼身体。还别说，我头疼失眠的毛病也好啦！

有细心的人注意到，那个须发皆白的老头这天没有来，并且此后一直没有露过面。

◀ 吕师傅

劳务市场人声鼎沸。瞧，又一个拎行李的小伙子过来了。他左顾右盼，发现大家面前都无一例外摊着一张白纸，上面写着专业砸墙、护理病人等。字迹龙飞凤舞，颇有几分书法家的神韵。小伙子也想写个广告推销一下，有热心的工友向东南角一指说，去找吕师傅！

被称为吕师傅的是一个须发皆白的老头。听到有生意，立即坐直身子，取出一张事先裁好的白纸，拿起毛笔……

若在前些年，谁喊一声吕师傅，他保准生气。搞艺术的，能叫师傅吗？最起码也得喊个老师吧。当然，你叫一声吕老，他求之不得。吕老的书法在老家的小县城小有名气，荣誉证书就挤满了整整一个书柜。每当有人来访，吕老都要介绍一番，这是哪个大赛获得的，那是哪个协会奖励的。来人自然要称赞一番，吕老总是微微一笑说，微不足道微不足道。

吕老的儿子大学毕业后准备在省城买房结婚，谁知，吕老连个首付都拿不出来！这可愁坏了吕老！卖掉县城房子的当天晚上，吕老流着泪烧毁了所有的荣誉证书……

吕师傅打量着眼前小伙子所拎的工具，说，是水电安装吧？小伙子笑了：老师傅火眼金睛！正是。

吕师傅大笔一挥，四个遒劲有力的大字出来了。两元钱！小伙子付了钱欢天喜地地走了。

没活时，吕师傅喜欢看自己写的广告。点一支烟，吞云吐雾，吕师傅的眼睛渐渐湿润了。

解救一头狮子

◀ 正　道
....

夕阳。田野。一人一牛，人老牛小。老人叫德福，小牛今天第一次耕地，德福是来调试的。

"叭"的一声鞭响，小牛猛地向前一窜！喔、喔、喔……尽管德福不停纠正，喉咙快喊哑，撇绳勒得手腕酸麻，小牛还是像个不听话的孩子，一会儿偏左，一会儿偏右。日你娘！踩墒啊！（踩墒，即牛沿着犁沟走）德福刚扬起鞭子，小牛又突然向前一窜，德福没扶好犁，一个趔趄摔倒了。再看小牛，已挣脱绳索想逃跑哩。德福急忙站起身，截住了小牛。

唉，老了，不中用啦。德福蹲在低头吸了一支烟后，打电话叫来老伴帮忙。

老伴牵着小牛鼻子在前面带路，这下好多了。走了小半天，德福让老伴撒手。谁知，小牛还是像开始那样，左一下右一下的，不知道踩墒。德福恼了，鞭子不停地抽打小牛。

老伴说，你也真是的，和牛较啥劲儿？不踩墒也能犁地嘛。

解
救
一
头
狮
子

不行！踩埫是正道！德福气得脸红脖粗。

你跟牛怄啥气哩？

人畜一理。有些道守了不见得有啥好处，但不守一定有害！——你忘了咱儿子是咋进去的？德福两眼瞪着老伴，有些吓人。

说到儿子，老伴像傻了一样，呆呆地站在那里，眼泪缓缓流了下来。

德福的眼睛也红红的。

日头快落山了，又红又大。老伴重新牵着小牛鼻子在前面带路。踩——埫！德福好像动用了全身的力气喊出，苍凉、嘶哑的声音在山谷里回荡。

◀ 胆大的女人

　　女人接到儿子班主任从学校打来的电话，立即撂下碗筷，飞快跑到公路边等车。天太晚了，班车一辆也没有。接连拦了两辆小汽车，都是停顿了一下，加大油门离开了。女人又急又气。所以，当又一辆货车鸣叫着开过来的时候，女人不管不顾司机大声地说着什么，趁汽车减速的当口，拽住盖车厢的油布，快速爬了上去。由于用力过猛，上车后，感觉胸口有些疼，可能岔气了。司机停下车，摇下车窗，扭头对女人说话。风太大，女人一句也没听清。女人想，好不容易拦着一辆，打死我也不下！

　　司机见后面的女人没有一点反应，只好启动车子。汽车在漆黑的夜里穿行，虽是初秋，寒意袭人。坐在车厢里的女人冷得瑟瑟发抖，缩成一团。她无意中摸了摸坐的地方，油布下面好像是一个一个的小木箱，不知装着什么货物。女人家离县城一百多里，汽车跑了不到两个小时就到了。女人跳下车，脚都麻了。女人对司机说，谢谢师傅！

司机说，天爷，你真犟！真胆大！喊你坐驾驶室就是不听！你知道车厢里装的是什么吗？是二十八箱蛇！

女人腿都软了，但随即说，就是二十八匹狼我也不怕，你知道吗？我儿子在学校突然晕倒，听说送到县医院了。

哦，这样啊！那你再坐上我给你拉去。

女人拔腿就跑，司机喊，让你坐驾驶室，别怕呀！

女人边跑边说，谢谢，不用了。这会儿你没看正堵车吗。

◀ 野猪进村

邢村发生了一件怪事：一头野猪大白天闯进村庄，连伤两个老人及一个小孩。村民们惊慌失措，立即呼老唤幼，躲进家里紧闭门窗如临大敌……

当地派出所民警接警后迅速赶赴现场，将已逃往别村的野猪当场击毙！

野猪伤人被击毙的新闻立刻被刷屏，网友们对此事纷纷发表评论。邢村有个叫刘杰的小学语文老师自始至终都在关注着这件事。在一次语文课上，他把网上有关此事的讨论讲给同学们听，同学们听得津津有味，哈哈大笑。其中一个叫喻强的同学没笑，他站起来憋红了脸蛋说，老师，我认为野猪进村伤人不是别的原因，是野猪欺负人！喻强说完，同学们哄堂大笑。老师摆摆手，示意喻强接着说下去。喻强说，要是我爸爸没出门打工，一棍子夯死它！它还能肆无忌惮接连伤人？

喻强的爸爸大家都知道，人高马大，铁塔一般，能把二百多斤的磙子抱起来。对付一头野猪不是小菜一碟儿？

喻强的回答启发了其他同学，这个说，要是我爸爸在家就好了；那个说，要是我有把枪就好了，就是鬼子进村，也一枪毙了它！

说得好！刘杰老师带头鼓掌！刘杰老师说，村庄空虚了，野猪会趁虚而入；同理，国家衰败了，敌人也会乘虚而入。同学们，你们知道现在该做什么吗？

好好学习！天天向上！

同学们的回答惊人地一致。整齐洪亮的声音似乎要把屋顶震塌！

解救一头狮子

069

◀ 卖　桃

街头，一个卖桃的女孩引起了人们的注意。

女孩卖的桃子又大又鲜，更引人注目的是，桃子旁边插着的一块硬纸板做成的牌子，上面是工工整整的两个大字：售桃。

呵呵，卖桃叫售桃，有意思！是学生吧？连招牌都文绉绉的。

女孩的脸唰地红到耳根，好像被人骂了一样。有眼尖的顾客看见，打趣道：哟，真是学生呀。大家都多买点啊。

不一会儿，女孩三轮车上的桃子只剩下一小半。没人的时候，女孩一边整理着毛票，一边默默地想着心事。她想，等桃园的桃子卖完，爸爸的腿该好起来了，自己下学期的学费也有指望了。爸爸的腿几天前刚刚摔伤，总不能让桃子烂在树上啊？今天第一次出来售桃爸爸还不知道呢。

妈妈，我要吃桃！一个小男孩扯着妈妈的手过来了。妈妈，姐姐卖的桃好好吃呀！

目送买桃的母子远去，女孩的眼泪慢慢流了下来。三年前，女孩的妈妈外出打工再也没有回来，听说是跟一个男人跑了。村里人管女人们这种作风不正的行为，叫卖桃。女孩懂事了。女孩有自己的尊严。

◀ 乡村奇闻

张老太想儿子了。

转眼间，儿子走了快百天了。张老太抚摸着儿子生前给她买的手机，一阵阵难受。无意中，按住了儿子的手机号码，刚想挂掉，听到一个女人的声音，张老太手一抖，手机掉在地上，手机里的女人依然在说话。听着听着，张老太泣不成声。

张老太慌慌张张推开儿媳麦香的房间，说，奇了怪了！国强的手机打通了！是个女的接的电话，说他过得很快乐！

国强是张老太的儿子，手机是随他陪葬的。

妈，你说啥？思虑成疾的麦香，一骨碌翻身从床上坐起。

张老太重复了一遍刚才的话，麦香的脸色煞白，不停地说，妈，别吓我！

张老太说，要不你再打个试试？

我不敢！

陪葬的手机竟然能打通，奇闻立刻传遍了四里八乡。有人登门当场验证，奇怪的是，一直显示停机。人们怀疑张老太耳聋听错了，张老太一再坚持当时没听错。张老太说，莫非，国强在那边配阴婚了？

后来，有媒婆陆续上门给麦香提亲，婆婆比麦香还热情呢。

麦香是以张老太女儿身份改嫁的。目送迎亲队伍离开，张老太闩上院门瘫坐在地，掏出手机给儿子打电话：儿啊，麦香找了个好人家，莫怨妈狠心。你也想让麦香和女儿过得好不是？妈守寡半辈子，把你拉扯大，不容易啊。麦香才三十来岁。年好过，月好过，日子难过。

手机那端，一个甜美的女声不停地重复：你好，你拨打的电话是空号……

"龙游杯"闪小说大赛二等奖

《浙江小小说》2018 年第 1 期

解救一头狮子

◀ 二　胡
·······················

陪父亲逛商场，父亲看中了一把二胡。一看标价 1500 元，父亲扭头就走。我说，喜欢就给你买吧。父亲连连摆手说，太贵了太贵了！看着父亲一步三回头，我折回身说，你在这里等一会儿，我去问问看能不能打折。

我知道，商场的东西明码标价，一分钱都不会少的。我找到卖乐器的售货员，让她帮个忙。我付了 1500 元，让她写一个 1000 元的收据，售货员爽快地答应了。

我提着二胡兴高采烈地把收据递给父亲看。我说，真是巧了，那个店长我认识，人家给了一个内部价，只收了 1000 元。今儿算是捡了便宜啦。

父亲一脸惊喜，接过二胡抱在怀里说，还是有点贵！够我和你娘一个月的生活费了。

回家的路上，父亲担心买这么贵的二胡母亲会埋怨他。我说，咱就说 500 元买的，父亲说，高了，就说 300 吧。

果然，回到家，母亲看到二胡开口就问多少钱，父亲神秘一笑：你猜猜？ 100？不对。200？不对。难不成是300？对喽！你个老东西真是败家子！父亲说，是咱儿子给我买的！母亲恼了：儿子的钱不是钱？儿子刚买房，你就不知道省点？二胡能当饭吃？

我呵呵一笑说，你们别吵了，健康快乐比啥都强哩。

说话间，父亲已调好琴弦架在腿上，一曲欢快的《百鸟朝凤》响起来。咦！声音就是好听！母亲笑着说，一分价钱一分货，比老家那个破二胡强多啦！

父亲连连点头：就是哩就是哩。拉得更起劲了。

母亲把我拉到一边，指着装二胡那个漂亮的盒子悄悄说，别说二胡，看这包装就值几百块，都哄不了我哩。

我和母亲相视一笑。

——首届"悦月佳"教育杯闪小说大赛优秀奖

解救一头狮子

◀ 茂生的庄稼

　　终于盼来了星期天。一大早，茂生媳妇说，你去把地里的草薅薅，庄稼都快荒啦——要不是我腰疼早就去了。茂生说，好嘞。

　　媳妇做好早饭，左等右等没见茂生回来，去地里一看，没见茂生的人影。麦地里，杂草依然触目惊心，有几棵燕麦高昂着头，似乎在嘲笑她。媳妇气不打一处来，眼泪快掉了下来。不用猜，这个书呆子又给哪个学生补课去了。媳妇艰难弯下腰，走进麦地……

　　茂生在村小当民办老师，平时没时间。地里的活常常都是放学后或星期天去完成。媳妇说，工资恁低，至于死心塌地守着？茂生说，在其位谋其事，教书育人是个良心活儿哩。

　　媳妇猜得没错。其时，茂生正在一个叫薛强的学生家里。茂生翻看着薛强的练习本，眉头一阵阵紧锁。突然，茂生像是从庄稼地揪出了一棵野草，指着其中一道题说，看看，太粗心了吧？只差最后一步却算错了，功亏一篑，冤不冤啊？……

茂生地里的庄稼一塌糊涂，常被人讥笑；茂生学校的"庄稼"，一茬好过一茬。不敢说桃李满天下，但优秀人才确实不少。

茂生六十岁生日那天，他的几个学生相约来祝寿。现在已是市优秀民营企业家的薛强端起酒杯，走到茂生面前，毕恭毕敬地说，老师，谢谢您！没有您当年及时"拔草施肥"就没有我的今天！请接受我深深的敬意！其他的学生纷纷举杯说，老师，您辛苦了！

茂生举起酒杯指了指身边的老伴说，要说感谢，得谢谢你们师娘。她是刀子嘴豆腐心，从来没拖过我的后腿。她常对我说，种不好庄稼一季子，耽误了学生娃那是一辈子！

◄ 命苦的女人

天哪，我的命真苦啊！女人从顺驰驾校考场出来，一屁股瘫坐在地上，号啕大哭，引来一群人围观。

在顺驰驾校开商店一年多，我见过很多奇葩学员。有和教练当场吵架的；有背后骂娘的；偷偷抹眼泪的。像她这样不顾一点个人形象，并把此上升到命苦的高度上，我还第一次遇见。

女人一把鼻涕一把泪诉说着自己的不幸：科目一考了两次，科目二考了三次仍未通过。围观的人议论纷纷，有人说岁数大记忆力不好反应慢很正常，有人说科目二就是难过，还有人说顺驰驾校就是太严了，花钱买罪受，至于吗？

天热，女人一会儿就哭花了脸。我拿起一瓶矿泉水递给她说，妹子，别哭了，喝口水降降温。女人接过水，连声说谢谢，把钱塞给我，找了一个凳子坐下来。

见围观的人都散去了，我悄声对女人说，妹子，不是我说你，既然顺驰驾校这么难考，干脆你换一个驾校得了。何必在一棵树上吊死？

女人突然"扑哧"一笑说，我还就认准了顺驰驾校呢？不瞒你说，我准备当驾校的"钉子户"！仨月不行，半年；半年不行，一年……不拿到驾照誓不罢休！

嘿，真是个死心眼！我揶揄道。

女人的眼圈红红的。她说，你知道吗？顺驰驾校是我老公经过多方打听慎重考虑才选定的。

你老公帮你选的？他怎么不学车？

别提啦。我老公驾照早就拿到手了，是在一个小驾校学的。开车不到半年就出事，车没大碍人废了，现在家躺着呢。

我恍然大悟。我说，妹子，后半年我也想学车，正拿不定主意，听了你的故事，我心里有数了！

◀ 冰与火

············

　　面朝大海，空调 wifi。这是李倩倩梦寐以求的生活。现在，后两样已经实现，只是推窗望去，是一片嘈杂的农贸市场，烦死了！

　　李倩倩经常向老公牛大志抱怨，什么时候才能换一套临海的房子。牛大志总是笑呵呵地说，快了快了，面包会有的，一切都会有的。哼，要等到猴年马月，等我熬成了黄脸婆？不会的。你放心，我会努力工作的！

　　牛大志在一家建筑工地做监理，整天在工地上跑，人本来就黑，晒得更黑了。每当想起这些，李倩倩就满腹委屈，鲜花插的何止是牛粪呀。

　　李倩倩百无聊赖地上网，正胡思乱想间，听到有人敲门。谁呀，大热天的。快递，请签收！李倩倩拉开门，一下子惊呆了。只见送快递的小伙子像是从水里捞上来似的，衣服粘在身上，满脸是汗，头发上不时有汗珠滴下来。站在门口，李倩倩就感觉到一阵阵热浪扑来。真热!

看着送快递的小伙子转身下楼,李倩倩忽然想起了什么。她跑回屋拉开冰箱,取出一瓶绿茶,追到门外,大喊,小哥,等一等!

送快递的小伙子接过绿茶,连声说谢谢,并顺手把门口的垃圾袋拎下楼。

李倩倩愣在门口,心里有种说不出来的滋味。她想,明天该去工地看看大志了。

◀ 讲个故事给羊听

山上,一群绵羊似的白云。

山下,几片白云似的羊群。

此起彼伏"咩咩"的羊叫声,唤醒了正在打盹的放羊老人木楼爷。木楼爷擦了擦嘴角的涎水,睁开眼,见日头离落山还有一竿子高,呵呵笑了说,嘿,都吃饱了?想回家啦!别急。他站起身,甩了一个响鞭，羊群呼啦一下子围过来。清点完羊群，他朗声说，还是老规矩，听爷爷讲个故事再回家。从前啊，有……

十多年了，木桫爷给羊讲过多少个故事，连他自己也数不清。村里人都快走完了，谁愿意听那些老掉牙的故事？大家都很忙，很累。

栓子，就你话多！等我讲完再讨论好不好？

麦屯，别骚扰人家小姑娘行不行？

地瓜，又打瞌睡了！昨天没睡好吧。我给你说，好好听我讲故事，过了这村儿没这店儿。今晚脱下的鞋，明早儿不一定能穿上哩。

刚才我讲到哪儿了？被打断思路的木桫爷抓耳挠腮，急得不行。有羊笑出声来。

当又一个黎明到来时，山下不见木桫爷和他的羊群。日上中天，圈里的羊群"咩咩"叫着乱成了一锅粥，有人发现异常，推开门，发现木桫爷已奄奄一息，急忙出去喊人。木桫爷紧紧拉住村主任的手，气若游丝，断断续续地说，我……想地瓜……麦屯他……他们……

村主任眼睛一热，地瓜、麦屯和栓子是听着木桫爷的故事长大的。现在三个人都小有成就：麦屯和栓子是公司白领，地瓜是大学教授呢。只是，他们进城后，好多年都没回来了。

我不想给羊讲故事。这是木桫爷留在世上的最后一句话。

◀ 姿 势
··············

　　儿啊，地里的花生都熟了，今年天干不好弄，你看能不能回来帮几天忙？

　　接连几天，一天一个电话催，李强简直烦透了。三年前，李强就劝父亲不要种地，每月按时给他生活费。父亲坚决不同意，说自己身体还行，能养活自己。父亲说，农民不种地还叫农民吗？种地活动活动筋骨，舒坦。

　　李强在县城的一家建筑工地做小工，每天工钱一百多元。如果回家帮父亲干活，至少要耽误一星期的时间，这样，将近一千块钱就没了。李强在心里埋怨父亲不会算账，但看到工友们一个个请假回家，工地停工，没办法，李强也只好坐车回家。

　　家门紧闭。不用问，父亲肯定去地里了。远远地，李强看到一个熟悉的身影。奇怪的是，父亲竟跪在地上，腰弯如弓，每拔起一篼花生都好像动用了全身的力气，好几次因为用力过猛，差点仰翻过去。李强一阵辛酸，一阵内疚，悄悄地在父亲旁边也蹲起花生来。

听到动静，父亲扭头看见了李强。父亲满脸欢喜，说，回来啦。先歇歇吧。父亲蹲在地里点烟吸了，说，今年花生不错，我打算全部榨成油给你送去——听说城里好多地沟油。吃咱自己地里出的东西，放心。

爹！李强哽咽着说，你歇歇吧，这点活儿我来干！

李强甩掉脚上的皮鞋，脱掉袜子，双膝跪地，左右开弓，不一会儿，一堆花生被拔出地面。一粒粒花生如初生的婴儿，好奇地打量着这个世界。

父亲说，我是老了没力气，你咋也跪地上了？

这样跪着，舒坦。

有风吹来，一股泥土的芳香扑鼻而来。李强贪婪地嗅着，满脸是泪。

《小小说月刊》2018 年 2 月上

《小小说选刊》2021 年第 24 期

◀ 芦花 芦花

    芦花，是芦苇开出的一种花。夏秋开花，远看如雪。

    在这个大雪纷飞的下午，在去朋友家的路上，我却见到了芦花。随着我狠狠抡起的鞭子，子骞的棉袄绽裂开来，一片片芦花不合时宜地飘然而出。我怀疑自己年老眼花，捉起一片握在手心久久不化——的确是芦花！我突然意识到什么，撕开闵蒙、闵革的棉衣，全是白花花的棉絮！……

    闵子骞太懒！家务活一点儿也不干；嘴太馋，常和闵蒙、闵革两个弟弟争东西吃。闵子骞太……后妻姚氏的话快把我的耳朵磨出老茧。起初，我还以为姚氏的话完全是作为一个后母的偏见。今天看来，果真如此！穿着厚厚的棉衣，难道是手指冻僵不听使唤吗？牛车翻倒后，闵蒙、闵革差点被卷入车轮下。这孩子不该打吗？

    一场突如其来的雪让我看清了事情的真相。

    雪下得更大了，落在我的脖子里，落在我的心里。子骞在雪地上冻僵了，我脱下棉衣裹起可怜的儿子，驾车急速返回家中。

我要休了你，你这个贱人！我用尽平生力气抽打着这个恶毒的女人。

子骞不知什么时候已经醒了，他跑过来和后母一起跪在我的面前。

子骞，你起来。她不配做你娘。

爹，您听我说完好吗？子骞儿抬起满是泪水的脸说。

爹，您想想看，虽然娘待我不算太好，但对闵蒙、闵革两个弟弟的爱是不用怀疑的。娘在的时候，只有我一个人受冻；娘走了，我们兄弟三个可都要受冻了。您想想是不是这个理儿？

后妻姚氏在我鞭子的狠狠抽打下，自始至终都一声不吭。此刻，她突然"哇"的一下痛哭失声。有些夸张，有点真实。

解救一头狮子

◀ 真实的谎言

....

　　我是陆绩，二十四孝《怀橘遗亲》故事中的那个陆绩。教育不孝之子，人们常说，看看人家三国时期的陆绩，小小年纪就知道孝顺母亲，你脸红不？

　　被教育的不孝之子可能就面红耳赤了。

　　其实，面红耳赤的应该是我。我为曾经说过的一句谎言而悔恨终生。

　　那天，我随父亲去拜访太守袁术。小小的我口齿伶俐，举止得体。太守惊叹道：这小孩日后必成大器。父亲笑了，我的心里乐滋滋的。桌上摆放的金黄的橘子让我馋涎欲滴，太守亲自给我剥了一个，酸甜柔滑，口齿留香。

　　吃完一个橘子，我咂咂嘴想再吃一个。父亲和太守他们谈笑风生，没有人注意到我的馋相。橘子在我面前，一伸手就可以拿到，但我最终把手缩了回来——毕竟不是在自己家呀。

　　终于，酒宴散场，我故意磨蹭到最后，趁人不注意，拿了两个橘子迅速藏入怀中。走至门口，父亲向太守拱手告辞，我也弯腰给太守鞠躬。就在此时，两个橘子从怀中滚落下来，正好滚在太守的脚下。

哈哈，这小孩真有意思，吃不完兜着走啊。太守笑着说。

我脸颊一阵发烫，突然灵机一动说，我母亲喜欢吃橘子，我想带两个给她老人家尝尝。

真是个孝顺的孩子！奇才啊！太守大赞。

自此之后，我就以孝顺出名了。我撰写的《浑天图》、译注的《易经》《太玄经》有几人知道呢。

我讨厌孝顺这个虚名。如果时光可以倒流，当两个橘子从怀中滑落，我会大大方方地对太守说，我喜欢吃橘子，想带回家再尝尝。不！我不会藏橘子！我会在那天的宴席上随心所欲地吃橘子，想吃几个吃几个。

◀ 郭巨埋儿
·······················

郭巨的母亲年纪大了，身体一天不如一天。郭巨想给母亲改善生活，但家徒四壁，常常寅吃卯粮。特别是有了儿子后，生活更窘迫了。

郭巨爱儿子，更爱母亲。但母亲爱孙子，有好吃的都留给孙子。郭巨埋怨母亲不该溺爱孙子。母亲说，我这么大岁数了，啥没吃过？郭巨说，他长大了啥不能吃？

母子俩相视而笑。

郭巨在河里捉到一条一拃来长的小鱼，清水炖了，香味弥漫。

儿子围着灶台，抽动鼻子，连说"好香呀好香呀"。

郭巨说，我刚看见村口有个耍猴的，好多人看热闹呢。

我去看耍猴喽！儿子一溜烟跑出去了。

郭巨将鱼刺挑出，给母亲盛了一碗。

母亲说，给我孙子留点吧。

郭巨说，锅里还有一条呢。瞧这孩子，吃饭也找不着人影。

文举！文举！妻子带着哭腔在门外喊。

见到郭巨，妻子泪流成河。

怎么了？郭巨急切地问。

儿子淹死了！在水塘里！

你说什么？郭巨不敢相信自己的耳朵。

都怨你！每次饭前你都把儿子骗到外面，好去孝敬你那母亲！你还我儿子呀，还我儿子！……

见到儿子冰凉的尸体，郭巨头晕目眩。

郭巨对妻子说，人死不能复生，可能儿子与我们没缘分。眼下最要紧的是把儿子埋掉，入土为安啊。

郭巨找来工具，来到村口的大槐树下挖坑。挖着挖着，只听"咣"的一声，再仔细刨挖，竟挖到一个装满黄金的坛子！

与此同时，天上突然响起一声炸雷，几乎震破耳膜。

郭巨长叹一声：可惜我的儿子没了！

看！妻子惊喜地叫了一声。

郭巨回过头，看到妻子怀里的儿子已睁开双眼，苏醒过来了！

解
救
一
头
狮
子

◂ 黑桑葚 红桑葚

　　连年战乱，民不聊生。家里已揭不开锅了，老娘饿得全身浮肿。蔡顺看在眼里急在心上。

　　幸好，蔡顺发现一处偏僻的山坳里，长着几棵桑树。他每天去那里采摘桑葚，自己和母亲聊以充饥。

　　树上的桑葚越来越少了。这天，蔡顺摘完桑葚准备回家，迎面走来两个红眉毛的彪形大汉。干什么的！其中一个大汉厉声喝问。蔡顺想，这就是传说中的"赤眉军"吧？随即答道：摘桑葚。另一个大汉向蔡顺上下打量一番，说，嗯，体格不错！带走吧。不由蔡顺分辨，两个大汉架着蔡顺来到一处营地，见又一个首领模样的"红眉毛"正襟危坐，令蔡顺不寒而栗。

　　说说吧，愿不愿意加入我们的队伍？

　　小的……愿……愿意。只是……只是家中尚有八十多岁的老母，无人照顾。蔡顺面如土色，声音小得似蚊子哼哼。

　　哦。这个理由挺靠谱嘛。首领模样的"红眉毛"突然提高声音：

押下去，染眉毛！

　　见蔡顺手里死死攥着两个篮子，"红眉毛"大手一挥：且慢，那是什么东西？

　　桑……桑葚。

　　哦。黑桑葚、红桑葚，同样是桑葚，为何要分开装在两个篮子里？

　　黑的味甜，供老娘吃；红的味酸。留给自己吃。

　　嗯。还真是个孝子啊。来人啊，取白米两斗，牛蹄一只，让他回家孝敬老娘吧。

　　直到回到家，蔡顺还晕晕乎乎的，像是在梦里。蔡顺向母亲讲起这段因祸得福的奇遇，感叹道：关键时候，桑葚还能救命啊。母亲说，儿啊，救命的不是桑葚，是你的那份孝心！

　　注：赤眉军，中国西汉时期著名的农民起义军之一。为区分敌我，起义军都把眉毛涂红。

◀ 小箩筐

翻过这座山，就到蚂蚁沟的姐姐家了。

想到这里，庆祥忽然来了精神，沉重麻木的双腿重新挪动起来。两天了，他仅仅吃了一个黑窝窝——那是一个路人施舍给他的。他放不下脸面去乞讨。他曾经是一个受人尊敬的篾匠。连年大旱，颗粒无收。所有能吃的树叶和草根都被人们揪光拔净，到处都有饿死的人。庆祥的母亲饿死前说，去投奔你的姐姐吧，寻个活路。

到姐姐家不到一百里路程，但对于庆祥来说不亚于一场长征。

庆祥艰难爬到半山腰，已气喘吁吁。舌头舔一下干裂的嘴唇，渗出血来。狗日的山，真高！庆祥想停下歇歇，但怕一坐下就再也起不来了。到姐姐家就有好吃的了，他在心里给自己鼓劲。

山顶是一片荆条树林，荆条叶所剩无几，光秃秃的枝条在风中无力地飘动。庆祥摘了几片荆条叶勉强吞下。山脚下，姐姐的村庄上空炊烟袅袅升起，有饭菜的香味隐隐飘来，庆祥使劲咽了几口唾沫。其实，姐姐家并不富裕，前年刚生了孩子，日子也是紧巴巴的。况且，姐姐有公公婆婆，他们欢迎他这个不速之客吗？

庆祥犹豫起来，是啊，两手空空的怎么好意思去麻烦人家？看到荆条，庆祥有了主意……

一个小笙筐对于技艺娴熟的庆祥来说，不过是小菜一碟。但他现在又饿又困，头晕眼花，荆条像泥鳅一样，在手里滑过来滑过去。终于，一个精致的小笙筐编成了。庆祥刚想站起身，突然眼前一阵发黑……

桌子上，一碗鸡蛋面呼呼冒着热气，姐姐笑盈盈地看着他狼吞虎咽地吃；可爱的小外甥含混不清地喊着舅舅……

◀ 围脖的另一种用途

大家都知道，围脖就是围在脖子上，可以御寒保暖的那种。但是，今天在公交车上，我看到了围脖的另一种用途。

一位戴围脖的老太太颤颤巍巍地挤上车，环顾四周，看到大家都在低头玩手机，根本没人注意，更别说让座了。于是老大娘开始找吊环，她失望地发现，吊环也被人占完了。老太太垂着手很无奈地注视着车窗外，开始闭目养神。突然，一个急刹车，老太太往前一蹿，险些摔倒在一个学生模样的女生身上，女生狠狠地瞪了她一眼，老太太尴尬地一笑，算是赔不是。为了防止类似的事件再次发生，老太太解下围脖，把围脖牢牢地拴在吊环旁边的扶栏上，双手紧紧拉住围脖的另一端。这样一来，果然好多了。公交车又有好几次急刹车，老太太虽然身体剧烈晃动，但总算没有摔倒。

公交车继续在坑洼不平的公路上行驶。这时，又上来一位老头。老头对没人让座好像已经习惯了，上车后没有东张西望，径直找了个位置站下。老太太向老头挥挥手，示意他到这边来。老太太分开围脖的另一个头，让老头拉住。这样一来，一个围脖就承担了两个吊环的功能。过了几站，老太太下车了。老头说，你的围脖忘了。老太太回头微笑着说，你用吧。岁数大了，安全第一啊。

我坐在座位上，望着这激动人心的一幕，赶忙用手机拍下那个温暖的围脖。我要迅速把这张照片传到微博和微信，并在稍后写下这个故事。朋友们看到后，多多转发啊。

我能做的只有这些了，因为我一条腿残疾。

◀ 给你讲个故事吧

夜深了，女孩翻来覆去睡不着。长这么大，女孩第一次体验了失眠的滋味。恰在这时，电话响了，是男孩打来的。

男孩问，你睡了吗？

女孩说，嗯。

睡着了吗？

没。

电话那端男孩笑了，说，给我多说一个字好吗？

好啊，女孩也忍不住笑了。

有进步，这回是仁字了。

女孩笑得咯咯响，你不识数啊，明明是俩字么。

男孩说，你笑起来真好听，也一定很好看。

男孩说，给你讲个故事吧。

男孩慢慢地讲，女孩静静地听。有时讲到关键处，男孩故意停下来，女孩迫不及待地想知道下文，自然而然地学会了撒娇，男孩哄着女孩，继续把故事讲下去。

后来的日子，女孩失眠或无聊时就给男孩打电话，男孩的第一句话往往是：给你讲个故事吧。

男孩的故事很多，一直到和女孩结婚生了儿子，故事还是源源不断，常听常新。

儿子也特别喜欢听故事，晚上钻进被窝，一手搂着妈妈，一手搂着爸爸，大声嚷嚷，讲故事！讲故事！

男孩，不，男孩已变成男人了。男人慢慢地讲，儿子静静地听，有时会插上一两句，讲到关键处，男人故意停下来，让儿子猜。儿子猜不到，急得乱蹬被子。男人很耐心，慢慢诱导，当儿子猜中时，男人比儿子还要激动。男人说，咱们的儿子真棒！看女人时，女人不知什么时候已睡着，响起了轻微的鼾声。

——2020《我们都爱短故事》年选

《老子文学》2015 年第 3 期

首届"陀螺文化杯"闪小说大赛优秀奖

◀ 每个孩子都有糖吃

　　一挺机关枪，几十支"三八大盖"，齐刷刷对准麦场上黑压压的人群。一个日本指挥官操着夹生的中国话说，你们，只要交出八路，良民，大大的。我们，大日本皇军不会伤害你们，一丝一毫。

　　人群短暂的骚动后，是难耐的沉默，沉默。突然，一个孩子"哇"地大哭起来。指挥官扬手叫来一个日本兵，耳语了几句，日本兵急匆匆地走了。不一会，日本兵拿了一大袋糖走进人群，挨个向小孩的手里塞。

　　指挥官清了清嗓子，高声说，吃吧，孩子们。每个好孩子都有糖吃。吃完，随便指指哪一个不是这村子的人。

　　人群又一阵骚动，指挥官脸上浮现出一丝不易察觉的狞笑。很快，发糖的日本兵气急败坏地跑来向指挥官报告：没有一个小孩接糖。勉强塞到手里的，都统统地，扔到地上了！

　　八嘎！指挥官气得浑身乱抖。

　　……

礼堂里静极了！几百双眼睛望着我。主席台上方，"爱国主义教育讲座"的巨大横幅鲜艳夺目。

爷爷，你讲的这些都是真的吗？

都是真的。这是我亲身经历的。

那你知道小孩们当初为什么不接日本人的糖吗？

这个问题问得好！说实话，那年代哪个小孩不喜欢吃糖？日本兵走后，我听几个小孩说，坚决不能接！一接，就不是好孩子，就成汉奸了！

礼堂里短暂的沉默后，忽然爆发出雷鸣般的掌声。

爷爷，那些混在人群中的八路脱险了吗？

我就是其中的一个八路。

我哽咽着站起身拿出一袋糖，说，孩子们，吃糖吧，这是无数个无名英雄，用鲜血换来的！他们坚决不接敌人的糖，是为了我们今后有更甜的糖吃。让我们记住他们吧！

——《微篇小说》2016 年第 1 期

◀ 流泪的牧羊犬

小苏从内蒙回来，朋友送他一只牧羊犬。小苏管它叫"阿木"。

阿木一身褐色的长毛，嘴巴尖尖，面孔酷似一个饱经沧桑的老人。路人见了这只狗不像狗狼不像狼的东西，都远远地观望，不敢近前。

小苏修理电机，店门前堆满大大小小的铁疙瘩，这些锈迹斑斑的铁疙瘩虽然不好看，但值钱。小苏的生意好，中午、晚上带领工人出去吃饭，店门一锁，门前这些铁疙瘩就交给阿木了。

阿木懒懒地卧在铁疙瘩中间，听到响声，不屑一顾地看一眼。有些胆大好奇的人，近前细看，阿木眼睛睁大，有点愤愤不平：没见过帅哥呀。

一天中午，小苏正在午睡，忽然听到"汪汪"的叫声及女人的尖叫。小苏跑出去一看，坏了！阿木正在追赶一个穿绿裙的少女！这之前，阿木从未咬过人惹过事啊。小苏大惊。阿木！阿木！小苏边追边叫。平日里温顺的阿木好像疯了一样，风一般地追到绿裙少女的面前，截住去路。少女脸色苍白，呆呆地站在那里。阿木嗅嗅少女的连衣裙，突然安静下来。它欢快地摇动着尾巴，竟在少女的面前卧了下来。等小苏气喘吁吁地追来，围观的人们惊奇地看到，阿木的眼里蓄满了泪。小苏望着少女草绿色的连衣裙，突然间明白了什么。他连连给少女道歉，然后满含热泪摸着阿木的头说，阿木，我们回家。

第二天，小苏店门前的遮阳网下挂了一块巨大的喷绘画，画上是蓝天白云，还有，一望无际的、碧绿的大草原；白云似的羊群……

——《洺水》杂志创刊号

村里有个陈百度

茶壶里有水垢怎么办？去问老陈。

晒过的大米为什么有煤油味？去问老陈。

不管什么问题，几天后，老陈总能给你一个满意的答复。

神了！神了！老陈一下子成能人啦。

老陈在心里偷着乐。乡亲们不知道，年前，老陈的儿子买回来一台电脑并拉了网线，儿子告诉老陈，有什么问题都可以百度一下，百度几乎无所不知。初中毕业的老陈在儿子的帮助下也学会了电脑。让老陈真正体验到百度的魅力是在一个炎热的夏夜，燥热，蚊虫叮咬。老陈起床掰蚊香，接连掰了两盘都掰烂。气急败坏的老陈突发奇想，何不上网查查呢？打开百度，输入"怎么掰蚊香"，竟搜索出好几页答案！老陈试着其中的一个办法果然成功了，老陈欣喜若狂，从此迷上百度，有事没事总爱百度一下。

后来，乡亲们知道了老陈的秘密，送他一个外号"陈百度"。

老陈很乐意接受这个称号。孙子做作业请教他，不管是近义词反义词，还是造句词语解释，老陈打开百度，一切问题都迎刃而解。老陈心里那个乐啊！

一次，孙子问老陈一道应用题，老陈上网搜了半天没搜到答案，沮丧之余，孙子竟然自己做出来了。孙子讥笑他，这么简单的问题都不会，还上网查呢。

老陈又仔细看了那道题，确实不会。老陈悲哀地想，完了，我完了。经常百度，不动脑筋，脑子生锈啦。

鬼使神差地，老陈又坐在电脑前，在百度上输入：患上网络依赖症该怎么办？

——《天池小小说》2015 年第 9 期

解救一头狮子

◀ 较　量

新上任的警长保罗，仔细查看了逃犯西蒙的卷宗，叫来了他的助手，说，我想，我们可以抓住这个家伙啦！

助手耸耸肩说，这可是我们追捕了近三个月的逃犯，狡猾无比！要知道，你的前任也是因此降职的！

保罗狡黠一笑，说，我知道。马上通知侦缉科，把通缉令的照片 PS 一下！

PS？

对，把西蒙的这张照片 PS 一下，越丑越好！

这……？

快去！

……

半月后，保罗正喝着咖啡，助手兴致勃勃地跑进来，说，那个家伙留言了：我强烈抗议，你们立即更换照片，丑化是对我人格的极大侮辱！助手一字一顿地复述完毕，用崇拜的目光看着保罗。

这样回复吧：你可以到离你最近的警局免费重新照一张，直到你满意为止。

保罗去监狱见到一脸憔悴满头乱发的西蒙，说，嗨，伙计，我知道你是个完美主义者，要不要先洗个热水澡？

如果允许，我当然愿意。我承认，你们抓住了我的致命弱点。

你放心，我们会为你留个全尸的！

西蒙哈哈笑了，说，逃亡的日子真不是人过的。我为自己的一时冲动，给死者家属带来的巨大痛苦，每时每刻都承受着良心的煎熬。死前，再给大家逗个乐，算是赎罪吧。

——《闪小说》2016 年第 1 期

《小小说月刊》2016 年第 2 期（上）

◀ 爱情墙

一夜之间，女生宿舍楼前的黑板上多了一行遒劲有力的粉笔字：李静，嫁给我吧！后面没有署名。

类似这样的事儿，在大学里几乎每天都会上演。因此，当男生女生看见这行字时，并没有表现出多大的惊讶，笑笑就走了。一个男生拿腔作调地大声读了一遍，故意把最后的"吧"字读得很重，尾音拉得很长，同学们一阵哄笑。那些叫李静的女生脸红了，脸红之后，走路又多了一份高傲。

第二天，那些叫李静的女生注意到，那行粉笔字虽然没被擦掉，但女主角换成了"王思雨"。这些女生有点生气，但想想也释然了，总得给同胞们一个机会啊。果然，第三天，女主角变成了"张小璐"，第四天换成了"赵亚玲"，第五天……几乎每天，女主角的名字换一次，这块黑板成了校园里的一道风景，同学们戏称为"爱情墙"。

中文系的张慧每次路过那面"爱情墙"，心里面很激动，路过那里时装作漫不经心的样子看一眼，渐渐地，张慧由激动变成了失望。张慧奇怪了，自己的名字这么普通，竟然没有重名的啊。

终于有一天，爱情墙上出现了张慧的名字。张慧骄傲地走过，头上的马尾高高甩起。同学们纷纷猜测是哪位仁兄看中了这只丑小鸭？

那天晚上，张慧在日记本上写着——要勇敢地爱自己，才能爱别人。

——2020《我们都爱短故事》年选

《柳色》电子杂志 28 期

◀ 试试你有多爱我

女人觉得男人不爱她了。男人下班回家，再也不说"亲爱的我回来了""老婆，想我了吗？"……现在，男人回家常问的一句话是：饭好了没有？饿死了——连"老婆"两字也省略了。有时男人回家什么也不说，往沙发上一靠，眯缝着眼睛看电视，仿佛她就是漂浮在室内的空气。

女人有时想，要是永远不结婚多好啊。初恋时，女人说手冷，男人马上捉住她的两只小手捂在手心，或者拉开拉链放在他热乎乎的胸膛上。现在，她说手冷，男人漫不经心地说，穿厚点。婚姻果真是爱情的坟墓，它埋葬了多少未曾绽放的浪漫啊。

女人突然有个奇怪的想法：找个理由和男人吵一架。然后，选择一种自杀方式吓吓男人，试试男人有多爱她。

女人从商场出来，构思着和男人吵架的理由。走了很长一段路，也没理出个头绪。这时，一阵刺耳的刹车声打断了她的构思。她想完了，这下完了，试验说来就来了！她闭上眼，不敢想象自己血肉模糊的样子。过了一会儿，她听到男人撕心裂肺的哭声：老婆，你醒醒啊，别吓我。男人反反复复地说着这句话，哭得跟娘儿们一样。她虽然从未听过男人哭，但男人的声音也不至于和正常时悬殊这么大啊。她缓缓睁开眼，腿还在，手还在，完好无损，脚下散落着几个鼓囊囊的购物袋。马路前方，围满了人。她踮起脚尖伸长脖子，看到人群中央一辆电动车后轮变了形倒在那里，一个男人抱着血肉模糊的女人沙哑着喉咙说，老婆，你醒醒啊，别吓我。男人反反复复说着这句话，哭得像个娘儿们。

她"哇"的一声哭了，人们纷纷扭过头来……

——《2020《我们都爱短故事》年选

《柳色》电子杂志 28 期

◀ 时间是个大问题

　　女人躺在床上，翻来覆去地睡不着。女人问老公，今天参加婚宴，你到底看没看见我衣服破了一个洞啊？男人说，你都问我几遍了。我没注意啊。再说，今天婚宴的主角是新郎新娘，谁会注意你啊。

　　女人几乎带着哭腔说，这个洞到底是参加婚宴前破的，还是回来以后破的，一定要弄清。时间是个大问题。

　　男人说，有那个必要么。都过去了，睡吧，睡吧。

　　都怪这件该死的风衣！女人很奇怪，这件风衣买后从未穿过，怎么会破了一个洞呢？是买时就有，还是自己不小心挂破的呢？一想到今天在那样的场合，在众目睽睽之下，在腋窝那个破洞下露出里面鲜红的羊毛衫，那情景是何等的尴尬！自己还感觉良好，还感觉鹤立鸡群呢！

　　女人的心情沮丧到了极点。女人拿出手机想给当新娘的同学打个电话问问，电话通了，女人突然想起人家现在正洞房花烛呢，就迅速按了电话。

男人一觉醒来，感觉女人身子一抖一抖的，伸手去摸，摸到一脸的泪水。男人一骨碌坐起来，拉了拉女人说，老婆，我想起来了！今天回来下车的时候，我听见"嗤啦"一声，可能你衣服上的洞就是被车门挂破的。也就是说，衣服上的洞是参加完婚宴后破的！

是吗？太好了！女人笑了，笑得那样开心。女人枕着男人的胳膊，很快睡着了。

——《柳色》电子杂志 28 期

◀ 红薯的另一种吃法

青山乡的红薯好吃是出了名的。

县里新来的王书记第一次来青山乡检查工作，点名中午要吃红薯。食堂刚调来做饭的老周喜出望外，急忙去菜市场精挑细选了几斤红薯，蒸了满满一锅。临近中午，乡长来了，掀开锅盖一看，顿时脸都气绿了：谁叫你这么做的？王……王书记啊。老周嗫嚅着说，王书记不是说要吃红薯嘛。老周啊，不是我说你，亏你还开过饭店，做事怎么不动动脑子？王书记走南闯北，嘴能不刁？红薯可以变个花样吃么——把红薯切成大小均匀的薄片，用上等的香油炸至金黄，色香味俱全，这样才好嘛！

乡长语重心长的一番话真让老周长了见识。

金黄的红薯片端上了桌，乡长笑容满面请王书记品尝。王书记举起筷子，皱起眉头说，这是红薯吗？是的，是的。用香油炸过，外焦里嫩，红薯是我们乡的特产呢。王书记夹起一块放到嘴里嚼了嚼，说，好吃。不过，我更怀念小时候吃的蒸红薯。揭开锅盖，嗬，那叫一个香啊！

看着王书记沉醉的模样，乡长小心翼翼地说，其实，刚蒸了一锅红薯，怕你吃不惯，没端上来。

王书记哈哈大笑，说，你们这些基层干部啊，总爱把简单的问题复杂化。一个红薯，干嘛要搞这么复杂？蒸红薯更绿色更健康！

听了王书记语重心长的一番话，乡长脸红脖粗，连连称是，忙吩咐人赶快把蒸红薯端上来。过了一会儿，来人附在乡长的耳朵边悄声说了几句，乡长脸色大变。

原来，蒸红薯已被老周让拉泔水的弄走喂猪了。

——《小小说大世界》2017 年 12 期

◀ 高跟鞋

女孩逛街的时候，遇到一件尴尬事：一只鞋跟突然掉了。这样，走路就一高一低的，女孩走路滑稽的样子引起很多人回头观望。女孩又羞又恼，索性把两只鞋都脱掉拿在手里，小心翼翼地向前走。还别说，赤脚走在水泥地上虽然有点垫脚，但凉丝丝的，真舒服。脚下要是泥土就更好了。女孩想起小时候在老家，下雨天，和小伙伴们赤脚踩在光滑的泥土上，兴高采烈玩耍的情形。

这样一想，女孩的心情好了很多。心情好了，感觉脚下真的是泥土了呢。女孩再次面对路人奇异的目光时，一副若无其事、趾高气扬的样子。

哇塞，真酷啊。迎面走来一个帅哥，痴痴地望着她雪白的脚板说。

帅哥旁边的美女向她投来嫉妒的目光。

第二天，女孩提着高跟鞋准备去修。经过昨天走过的大街，她一下子惊呆了：只见年轻的女人们一律光着脚丫，像跳探戈似的。一边走，一边说笑，一边享受着路人的目光。

女孩欣喜若狂。她脱下鞋子，连同准备去修的那一双都扔进了垃圾箱，加入了赤脚者的队伍。

——《当代闪小说》2015 年第 1 期

◀ 画　语

他知道，该去找她了。

源于一幅画。是她用微信从巴黎发来的。

画中，是一个穿着婚纱的女人，流着眼泪的脸上，没有嘴。

他知道了，她婚后并不幸福。那画的意思他也明白：后悔那些年没有说出口的话。

他又何尝不是呢。总以为来日方长，总是对自己没有信心，总害怕被拒绝。尽管他能看懂她所有的画，并能一一指出优点和不足。

这次的机会绝不能错过——虽然有很爱他的女友。

他义无反顾地登上了去巴黎的飞机。

一切，都如他预料的那样：热烈、疯狂、缠绵……

那些天，他们在法国玩疯了，几乎看遍了所有的风景。

静下来的时候，问题来了。

她每晚喜欢开着窗户画月亮，他被冻感冒。她笑称，这是爱的代价。

她喜欢吃四成熟的牛排，望着带血丝的牛排，他鼓足勇气咬了一口，"哇"的一下吐了出来。她哈哈大笑，说，你一点不像纯爷们。

她说，为爱改变自己的男人是伟大的。

他也试图改变自己，可是他的身体他的胃不允许他改变。

该去的地方去了，该吃的东西吃了。之后，她依然潜心作画。

只是，他再也看不懂她的画。

◀ 打　猎

…………………………

自失恋后，他迷上了打猎。

每到月末的双休日，他都会驱车去郊外的松涛山庄。山庄山高林密，不时有山鸡、野兔出没。也许是枪技太差，每次他都空手而归。

但他很满足。他喜欢扣动扳机那一瞬间酣畅淋漓的感觉。随着子弹呼啸出膛，烦恼忧愁好像也远走高飞了。

今天他突然心血来潮，决定不打中一只猎物誓不罢休。因为，他的哥们已开始嘲笑他了。

他端着枪在潜伏在灌木丛中，不一会儿，一只野兔探头探脑地跑出来，左右张望了一番，便在地上啃起草来。这时，如果他扣动扳机，命中的把握不是很大。他小心翼翼地靠近，想和猎物近些，再近些……他满心欢喜，屏住呼吸，命中的把握一寸寸增强。不好！野兔好像意识到危险，停止了啃食，跳跃着准备逃跑……

"砰"！一声枪响，野兔抽搐了几下，不动了。

解救一头狮子

他惊呆了！枪声来自另外一个方向。

一个穿迷彩服的小伙子提着枪，兴高采烈地跑过来。

老公，你真棒！一个漂亮的女人追来，搂住穿迷彩服的小伙子亲了一口。

他的心猛然疼了一下。

躲在草丛中，望着即将到手的猎物远去，他狠狠地捶了自己一拳。

他举起枪，向天空"砰砰"地射击，几只山鸡惊叫着飞出来。

那个漂亮的女人曾经是他的恋人。

◀ 寂寞的长度

自男人走后，淑珍感觉心中的大山轰然倒塌。她经常独自一人枯坐在屋里，面对男人的遗像黯然神伤。

哎，你怎么说走就走，狠心撇下我？她喃喃自语。

她日渐消瘦，走路无力。丫鬟细语相劝，大少奶奶，人死不能复生，节哀顺变吧。

笨嘴笨舌的管家没有一句安慰的话，只是把家里大大小小的事，打理得井井有条，甚至比老爷在世时还要上心。

无聊的时候，淑珍常常让管家来陪她聊天。无非是一些家里的琐碎小事，地里庄稼的长势收成等。账务嘛，她从来不问。倒是管家定期把账本拿来让她过目，她翻也不翻，放到一边。

有一次，淑珍问管家，你知道咱家的院墙有几步长？

这个……这个，真没数过。

是五百二十步！淑珍微微一笑，脸上显现一丝不易察觉的酡红。

哦。你怎么知道？数过了？

唉，你是不知道。你家老爷走后的那些天，我几乎夜夜失眠。于是，就沿院墙根儿散步，走过来，走过去，来来回回，我都数不清多少遍了。

唉，管家长叹一声。其实，他何尝不知道院墙有多长。无数个夜晚，他悄悄地跟在大少奶奶背后，望着那个瘦弱的背影，一阵阵心疼。

但是，心疼只能在心里。管家忘不了老爷生前对他的好。

——2018"武陵杯"世界华语微型小说年度三等奖

邻家文学社区"520微咖大赛"评委直通车周冠军

《天池小小说》2018年第3期

解救一头狮子

◀ 一只虱子的星路历程

哈哈，我出名啦！

那天，我吃饱喝足，忽然心血来潮，想去看看外面的世界。我沿着主人的衣领偷偷爬出来，在脸颊上转了一圈，最后停留在主人的鬓角上。这时，我看到对面好像有人在注视我，他似笑非笑的样子让我胆战心惊。

也许是似笑非笑的人不好意思提醒，也许是主人瘙痒难忍，他马上告辞出门。刚出大门，就听到主人的朋友问，你可知刚才皇上为何发笑？主人摇摇头。他的朋友说，是笑它——你鬓角上的一只虱子。主人恼羞成怒，立即来捉拿我，只听他的朋友说，不可！不可！千万不能捏杀它，这只虱子不寻常，有诗为证：屡游相鬓，曾经御览。主人也哈哈笑了。

就这样，我躲过一劫，并因祸得福——我成名啦！我是一只名虱啦！

回到我的部落，我迫不及待地讲述我的奇遇，同伴们听得一惊一乍的。皇上长什么样？金銮殿啥样？皇上嘛，当然是天庭饱满地阁方圆啦，金銮殿自然是金碧辉煌喽！

我的粉丝越来越多。后来，有铁杆粉丝恳求找个机会，带它们见见皇上，我爽快地答应。

机会终于来了，那天晚上听主人说第二天要面见皇上，我和我的粉丝们激动得一夜没睡。第二天早上，主人换完了所有的衣服，把我们扔在一个大盆里，紧接着，滚烫的开水浇上来了！别！别！我可是只名虱，曾经御览呀！主人好像没听见我的话，对下人说，多烫几遍啊！

——《吴地文化闪小说》2016 年第 2 期

◀ **一条离家出走的小溪**

冒出离家出走的念头时，我自己也吃了一惊。

若是在以前，打死我也不会有这个想法的。

以前，这里多美呀。抬头是蓝天白云，绿树红花；脚底是圆圆的鹅卵石，不时有几只小鱼小虾窜过来和我说悄悄话。对了，还有那些调皮的娃娃鱼，他们经常趁着月色上岸，回来后绘声绘色地讲述那些稀奇古怪的事情。

也许就是这些爱出风头的娃娃鱼惹了祸。一天，一群西装革履的男人来到这里。他们指指点点，不时拿着黑黝黝张着大嘴的怪物，对着我们"咔嚓咔嚓"，吓死人啦！

我们的厄运降临了！此后，不时有成群结队的男女来到这里。他们大呼小叫，赤脚踩在我身上，围追堵截那些可怜的小鱼小虾。逮住后，就在岸边烧烤，一边吃一边赞叹：真正的原生态呀。

更倒霉的是这些人把垃圾随手扔在我的身上，脏死了！垃圾越积越多，我简直快喘不过气了。直到有一天，最后一条娃娃鱼向我辞行，他说必须走马上走，不然就算不被人捉去，也会被呛死。

哎。我又何尝不是呢。我要离家出走！

初夏的一场大雨使我梦想成真。连绵不绝的雨点注入我的身体，我获取了巨大的能量。我要飞！飞！飞！

穿大山越峡谷，一路咆哮狂奔。我似乎看到大海在向我遥遥招手。突然，一道悬崖横在眼前。我咬紧牙关，纵身一跳——

现在，清澈的小溪只是一个美丽的童话。

◀ 让座猜想曲

同志们，今天有人给我让座啦！

要知道，这是我来郑州近十年来，第一次有人给我主动让座，而且让座的还是一位美女！需要说明的是，本人今年四十不到，身体健康，无残疾。

坐在尚有余温的座位上，我激动得满脸通红，并做了以下猜想：

一、自恋狂型。自我感觉还是帅哥一枚，也许是美女对我有意思呢？想想也不至于。但在这个时代，一切皆有可能！

二、正能量型。社会主义核心价值观宣传教育终于结出硕果，让座已经成为年轻人的共识？虽然我比美女大不了几岁。

三、自暴自弃型。这几天搞电焊，脸上起了一层黑皮，也许人家误认为老年人？

四、巧合报恩型。我来郑州的第二年，有天冬夜，加班到11点多，老板走了，我正准备拉卷闸门睡觉，有个女孩进来说想打个电话（那时没手机），想想大半夜的也确实找不到公用电话，就让女孩打了。谁知，女孩一连打了将近半个小时，竟然在电话里和男朋友互诉衷肠。我这个"灯泡"气的哟，忍气吞声让女孩打完，结果这个月的话费多了几十块，老板问我，我说是我打长途了。面前的这位美女，很像当年的女孩。

下了公交车，回家几天一直对让座这事百思不得其解。直到有一天我看了晚报的一篇报道才恍然大悟。晚报题目是《说声谢谢就这么难吗》。文章说，人们渴望道德的回归，呼唤良好的社会风气，本报记者近日以自己的亲身实践做了专题调查，面对让座，85%的人连声谢谢也没有……不说了，脸红。

——第二届"陀螺文化杯"闪小说大赛三等奖

解救一头狮子

◀ 三级台阶
......

三级台阶，两步就可以走上去。但要向上推电动车或摩托车就不那么容易了。

小赵新租的门面房前面就是这样的三级台阶。那天晚上打烊后，小赵推老婆新买的电动车，不小心蹭掉一小块漆，落得老婆一顿埋怨。

第二天，小赵买来一袋水泥和砖头，把门前的台阶修成一个斜坡，推车的时候方便多了。

但问题很快来了。左右两边做生意的邻居，每次推车也都从小赵门前的台阶上下。要说推车走一下也没什么，小赵的老婆不高兴了：我们花钱修的路，凭什么让大家免费过？

小赵呵呵一笑说，举手之劳有什么呀，难道还要收费么。

小赵老婆说，收费倒不至于。连声谢谢也不说，好像是我们应该做的似的。

当然，开始的时候，也有邻居说谢谢，但时间一长，连个微笑也没有啦。小赵夫妇很郁闷。

有一次，小赵仔细查看了同排商店门前的台阶，大多有修过水泥斜坡的痕迹。他苦笑一声，恍然大悟。

当天晚上，小赵用铁锤砸掉台阶上的水泥斜坡，变得和过去一样了。

此后，小赵每次推车都和邻居们一样——垫几块砖头或支一块木块。虽然有些麻烦，但时间长了就习惯了。

习惯了，就好了。

——《吴地文化闪小说》2016 年第 3 期

◀ 两个人的灯光

一场车祸使他失去了双腿，失去了劳动能力，同时失去的还有作为一个正常男人的能力。

夜深人静，借着昏暗的灯光，他打量着身旁鼾声大作的妻子，心里不是个滋味。五十岁不到的妻子，头发已白了一半。两个将上初中的孩子，几亩责任田，家里家外，所有的活儿现在都由妻子一人承担。他担心终有一天，妻子会支撑不住，这个家就全完了。

终于，在一个阳光明媚的早晨，妻子吃力地把他抱到屋檐下的老式藤椅上，正要去厨房做饭时，他叫住了妻子。

他对妻子说，你太苦了！再找一个吧。

妻子一惊：你想赶我走？

他说，你再招一个……再招一个男人到咱家。

再招一个男人？到咱家？这叫什么事！妻子说。

他说，我早些年跑车去陕西，这样的事情，那里多得很。不丢人！

在他的极力怂恿下，妻子把本村的一个身强力壮的老光棍领回了家。同时，他也从妻子的房间搬到厢房，一个人睡。

他注意到，妻子的脸色渐渐红润起来，家里又有了欢声笑语。家，又像个家了。

只是，夜晚躺在床上辗转反侧的他，望着堂屋窗户泄露出来的一星半点的灯光，心里五味杂陈。那温暖的灯光曾经属于他和妻子的啊。

他突然羡慕起邻村的九林来。

九林前几年一场大病后成了植物人，什么也不知道。

◀ 魔术师
....

一

他说，你闭上眼。

她温顺地听从。

下面，是见证奇迹的时刻！

她睁开眼，一枚金光闪闪的戒指出现在面前。

亲爱的，嫁给我，好吧？

可是，可是你还没离婚呢。

亲爱的，你放心，我很快就会搞定的。

二

他说，你闭上眼。

看着儿子神秘的样子，她很惊奇，但还是听从了。

下面，是见证奇迹的时刻！

她睁开眼，一枚金光闪闪的戒指出现在面前。

儿子，你在哪里弄的？

这是爸爸送给你的惊喜。今天是你们结婚七周年纪念日，爸爸出差前告诉我的。

她满眼泪花。

三

骗子！你这个大骗子！弄一条镀金戒指来骗老娘！

她怒不可遏，把戒指摔到他的脸上。

这怎么可能？要不，我重新给你买一条。

算了吧！送给你的黄脸婆吧。她一脚把地上的戒指踢飞。

尾声

左边爸爸，右边妈妈，一家人终于又在一起了，他高兴得又蹦又跳。

你个小兔崽子，什么时候学会变魔术啦？他附在儿子的耳边小声问。

就不告诉你，就不告诉你。

他们都笑了。

解救一头狮子

◀ 楼道口

每到晚上，楼道口两侧停满了租房者的电动车和自行车，只有一条窄窄的通道。

早上，李智下楼准备上班，走到楼道口，看见一个女孩正吃力地把停在最里面的一个电动车往外推。李智走上前去，说，我来帮你吧。

女孩望了他一眼，嫣然一笑，松开手闪到一边。

到底是男孩，李智没费多大力气就把车推出了楼道口。女孩又是嫣然一笑，轻声说，谢谢。

李智望着女孩骑着电动车远去，心里有一种说不出的感觉。

第二天早上，李智早早地走到楼道口，却失望地发现，女孩的车这次停在最外面，女孩轻松地把车推走了。

第三天早上，李智下楼，又看见女孩正艰难地推车。李智说，我来帮你吧。

李智把车推出楼道口，女孩指着停在最外面的一辆摩托车说，烦人！记得我的车停在这里的。李智差点笑出声。

以后的日子，每天早上帮女孩推车成了李智最快乐的事情。有时女孩歇班，李智就怅然若失。虽然"助人为乐"最大的回报就是一句谢谢，有时捎带赠送一朵微笑，但李智已很知足啦。

日子在李智美好的憧憬中悄悄流逝，直到有一天，女孩那辆电动车不见了，李智才意识到什么。赶紧问了房东，才知道女孩搬走了。搬到哪里？不知道。

李智发了疯似的推出那辆蒙了一层灰尘的摩托车，轰轰地发动，松开离合，加大油门！李智边骑边想，去哪里追呀？还追得上吗？

◀ 我们分手吧

下班回到家，他看到妻子像一只病猫蜷缩在沙发上。电视的声音很吵。

你怎么啦？哪里不舒服？他上前捉住她的小手问。

她没说话，泪眼婆娑。看起来，已经哭了很久了。

能告诉我，到底出什么事啦？

没什么。她嗫嚅着说，我们分手吧。

你胡说什么？好好地为什么要分手？

我不生小孩，怕你嫌弃我。

怎么会呢。你还年轻，现在医学这么发达，我们会有孩子的！

我怕你爸妈等不及。毕竟他们都那么大岁数了。

你想多啦。退一万步讲，如果真的生不了，我们可以抱养一个小孩呀。

你认为抱养容易吗？现在国家都放开二孩了。

他呵呵笑了，你知道的还不少呢。没事在家看看电视多好，别胡思乱想了！

说到看电视，她情绪突然激动起来。她说，就是看了电视剧，我才想到要分手的。

哦？他大惑不解。

你没看电视剧中，都是两个人分手后，女人发现自己怀孕啦！

◀ 缩头乌龟

比尔精神抖擞地走进教室，在讲台上站定，刚要做自我介绍，同学们突然哄堂大笑起来！

比尔莫名其妙，扭头往黑板上一看，原来，黑板上不知被谁画上了一个大大的王八！

比尔的肺都快要气炸了！他迅速扫了一眼全班学生，心想：看我找出来这个罪魁祸首，不把他的手打烂？

比尔强压怒火，指着王八说，画得不错嘛！——能告诉我是谁的杰作吗？

同学们面面相觑，想笑但又不敢笑，两腮鼓鼓的，像塞着两颗核桃。

是谁吃了豹子胆，竟敢给比尔这个新老师来个下马威？

同学们可能不知道，比尔性格暴躁，以前以体罚学生著称，不少调皮的学生都领教过他的厉害。为此，比尔遭到学生家长的投诉，接连被调离了好几所学校。这学期，和新学校的校长好说歹说才答应让他留下来试用。

教室里静极了，比尔听到自己"咚咚"的心跳声。突然，比尔看着黑板上的王八哈哈大笑起来：我说嘛，总感觉少点什么，原来，没有头，是只缩头乌龟呀！比尔拿起黑板擦擦掉王八，声音低沉地说，我希望和同学们做最好的朋友，也希望我们之间能相互尊重。我为自己曾经体罚学生感到内疚。请看我以后的表现吧！

教室里响起了雷鸣般的掌声。

教室门口，一个身影晃动了一下，迅速离开了。

◀ 熟能生巧

陪妻逛完商场，已是下午一点多钟。商场出口，有一处卖盒饭的。妻停下脚步，接过我手中的东西说，就在这吃点吧。

卖盒饭的窗口前人潮汹涌，人声鼎沸。我暗暗叫苦：这要等到猴年马月啊。卖盒饭的有两个人，一个小伙子，一个中年人。小伙子收钱，中年人打菜。出乎意料的是，收钱的小伙子有些手忙脚乱，中年人则不慌不忙，有条不紊。菜有七八种，有荤有素。中年人手脚麻利地掂来饭盒，右手持勺，一边问着顾客要什么菜，一边蜻蜓点水般在盛菜的几个大盆里"咣咣"地舀着。瞬间，菜已盛好，只听"咔"的一声脆响，还没看清怎么回事，盒盖已牢牢地盖上了。随着一声"请拿好"，米、菜饭盒被装进塑料袋从窗口递了出来！

中年师傅的动作如行云流水一气呵成。我看得目瞪口呆：简直太专业了。我想这位师傅干这行已很久了，真是熟能生巧啊。

回家的路上，我向妻夸奖打菜的师傅水平多么的高超。谁料，妻子听后嘴一撇说，这个人我认识，是我们单位领导的司机。前不久领导犯了事，司机跟着倒霉，下岗了。谁知他竟卖起盒饭了，你说他专业，那是他有基本功！

我又一次目瞪口呆。领导司机，卖盒饭，基本功，这都哪儿跟哪儿啊。

妻"哧"地笑了，说，亏你还写文章呢，想象力不够丰富么。你想啊，领导收礼送礼，司机手脚不麻利能行吗？你再想啊，司机关闭后备厢和卖盒饭的盖上盒盖，这两个动作是不是惊人地相似？

我愣了愣神，妻已走出很远。望着妻婀娜的身影，我一路小跑。嗨，这辈子，咱只能给妻拎包了。

解救一头狮子

◀ 看 戏

....

　　听说县剧团在人民会场已经唱了好几天，再晚就看不到了。
我和小雅偷偷卖掉家里的一些废品，攒够买船票的两毛钱，趁星
期天坐船进县城。

　　会场上人山人海，我和小雅使劲踮起脚尖伸长脖子，连戏台
也看不见，耳边只听到咿咿呀呀的唱词和嘈杂的人声。一些胆大
的男孩趴在会场周围的树上，让人担心鼓掌时会不会摔下来。我
和小雅都很沮丧，谁叫我们不是男生呢，谁让我们个子这么低呢。

　　在会场上转了好几圈，我们发现戏台后面有一个小小的出口，
我俩心里一阵惊喜！说实话，我们看戏，主要是想看漂亮的女演
员，想看美丽的兰花指和飘舞的水袖。我们悄悄溜了进去，看到
一个女演员和几个男演员正准备出场。那女演员柳叶眉丹凤眼，
长得跟天仙似的。临上场时，一个小女孩抱着女演员的腿，叫着"妈
妈"，女演员正为难间，看到我和小雅，微笑着说，你俩帮我看
会儿——声音好听极了！说着掏出几颗糖，一人发了一块。

女演员的闺女也漂亮，扎了一头的小辫子，我和小雅都争着抱。过了一会儿，女演员回到后台，我们多想再听听她给我们说几句话呀。谁知，她竟急匆匆地下台走了。我不知发生了什么，紧紧地跟在她身后。跟了很远，见女演员钻进了一处茅厕，在里面"哗哗"地尿起来！

天哪，这么漂亮的"天仙"也解手啊！我的世界在那一瞬间好像坍塌了！

我呆呆地站在那里，脑子一片空白。

自此，我再也不看戏。

她给我的那颗糖，我一直没有吃，直到慢慢化掉。

——《小小说选刊》2015 年第 9 期

解救一头狮子

◀ 送给儿子的礼物

在琳琅满目的玩具前站了很久，李强终于下定决心给儿子买一个遥控小汽车。小汽车色彩亮丽，造型逼真，玩具店老板拿起遥控给李强做示范，只见小汽车前进后退，灵活自如。李强笑了，爽快地掏钱。

李强想象着儿子看见这个小汽车兴高采烈的情形。两年前，儿子去亲戚家，看到人家的玩具小汽车爱不释手，哭着闹着让他买。一个玩具就要一百多元，他和妻子自然舍不得买。为此，小家伙两天都不和他们说话。

想起这些，李强的心里仍十分内疚。

该买的东西都买齐了，看着同伴们拉着轻快时髦的拉杆旅行箱，李强咬咬牙也买了一个，算是奢侈了一把。

见李强回来，妻子和儿子喜出望外。儿子围着旅行箱转了一圈又一圈，这家伙有些迫不及待了呢。来，儿子，让爸打开箱子，看给你买了什么！（为了给儿子一个惊喜，李强提前没给他说）。

李强掏出遥控汽车，打开包装，儿子只是微笑着看了一眼，又回头盯着旅行箱看。来，拿着遥控，你试试！儿子还是无动于衷，李强有些奇怪，难道儿子最喜欢的东西也忘了吗？

儿子嗫嚅着说，爸爸，可不可以让我拉一下你的旅行箱？

当然可以啊。

儿子拉着旅行箱在屋内转了一圈又一圈，兴奋之情溢于言表。

终于，儿子停了下来，小声说，爸爸，可不可以把你的旅行箱给我？

给你？你要它有什么用？也出门打工呀？

我想……我想用它装书，当书包用。我们学校好多同学都用它，书那么多，拉着可得劲儿啦！

李强愣愣地站在那里，心里不是个滋味。

儿子今年秋季刚上小学一年级。

——《小小说选刊》2015 年第 14 期

解救一头狮子

◀ 别动我的斧子

木匠庆玉去了趟厕所，回屋后再也找不到斧子，忽听房后传来"哐哐"的声音，跑去一看，是东家的小男孩正举着他的斧子装模作样地剁柴呢。庆玉一把夺过斧子，说，又是你呀！在此之前，这个调皮的小男孩经常摆弄他的尺子、铁锤、墨斗等各种工具，脸、手弄得黑乎乎的。庆玉训过多次，又和小男孩的妈妈说过多次，但无济于事。庆玉常为找工具伤透脑筋。

庆玉是个急性子，干活利落，说好的工期决不拖延——这是他受顾客青睐的一个重要原因。这次，庆玉为东家做的是一张床，东家的男人这几天就要回来了，在东家的男人回来之前，床必须做好。眼看工期一天天逼近，由于小男孩的打扰，离原计划相差很远。庆玉心急如焚。

庆玉有胃酸的毛病，随身装着黄豆，胃作酸时嚼几粒，很管用。庆玉"嘎嘣嘎嘣"地嚼着黄豆，小男孩在一旁看得眼红，庆玉给小男孩抓了一把。庆玉把一粒黄豆放在砧板上，举起斧子，"咔"的一声，黄豆拦腰而断。小男孩惊奇得张大嘴巴！庆玉不动声色，转身又去了厕所。

庆玉是在听到小男孩撕心裂肺的哭声后，急匆匆进屋的。只见小男孩的左手血肉模糊，哭声嘶哑，庆玉背起小孩急忙向村卫生所跑去……

东家回来后，庆玉一脸歉意地对东家说，我就去个厕所，谁知竟出这么大的事！东家除了心疼之外，还能说什么呢。

庆玉终于在预定的工期内做好了那张床。剩一些边角废料，他自作主张，做了两个精致的小凳子。临走，东家多给庆玉五元工钱，他死活不收。

——首届"云冈杯"全国闪小说大赛二等奖

◀ 突　然

事情发生得很突然。

女孩牵着男孩的胳膊在小胡同一边走，一边说笑。突然"嘭"

的一声巨响，女孩尖叫的同时，猛地向前一窜，男孩猝不及防打了个趔趄差点摔倒。男孩小声嘟囔一句：神经病。女孩也尖声说：神经病！

这时，两人看到胡同口一团白烟腾起，空气中弥漫着爆米花的香甜味。原来，刚才"嘭"的一声是爆米花出锅发出的声音。

女孩停下，冲着通红的炉火说了一声：神经病！男孩没反应，女孩又骂了一句神经病，男孩没说话，加快脚步往前走。女孩意识到什么，紧走几步拉住男孩问：你刚才骂谁神经病？

男孩有些不耐烦，说，你神经病，多大点事，至于么。

女孩原以为，男孩骂的神经病和她骂的神经病是一回事，都是骂吓她一跳的人。当时心里挺欣慰，还认为心有灵犀呢。

听了男孩的话，女孩有些失望。她骂人除了发泄内心的不满，最主要的是想得到男人的安慰。心想还没结婚就不和她一条心，胳膊肘向外拐，遇到危险也不知道保护她，还骂她胆小。这样的男人结了婚那还了得？

男孩刚才被女孩弄得差点摔倒，路边有许多人看见。男孩想，人们肯定笑话他胆小，脸上有点挂不住。加之女孩接连骂了几句炒爆米花的老头，男孩更反感了。

男孩本想默不作声事情就过去了。谁知，女孩不依不饶，连珠炮地说：我是神经病，我给你丢人了吧？你说，你给我说清！

男孩没有说清。巷子尽头，女孩往东，男孩向西，各走各的路。

原本，她们准备去饭店吃饭，商量明天拍结婚照的事。

——"宝森杯"全国闪小说大赛入围奖

解
救
一
头
狮
子

◀ 狼来了

    清早，庆玉老汉去房后的蛤蟆泉担水，远远地，看到一条狗正俯在泉沿边喝水。庆玉暗笑，谁家的狗起这么早啊。那"狗"听到动静，猛然转过身来，快速地夹着尾巴逃跑了。妈呀！是狼！庆玉放下水桶，再看那狼，已跑得无踪无影。

    庆玉小时候和爷爷在山上见过一次狼，四十多年了，这是第二次看见狼，而且是在房后的蛤蟆泉，便觉新奇，逢人便说。庆玉有个侄儿在乡里当通讯员，把这事写成新闻发到网上，还配了发现野狼的地点——蛤蟆泉的照片。一时间，众多网友纷纷评论、转发。

    新闻发出的第三天，有一群城里人结伴来山里寻狼，并找到庆玉当向导。听说当向导还有报酬，他乐不可支，爽快答应。庆玉领着一群人在山上转了两天，连个狼毛也没见到。这群人自然有点泄气，有人提议说，既然来了，好好把这里美丽的自然风光拍下来，也算不虚此行。

网络时代，信息传播速度惊人。一拨又一拨城里人，按图索骥，接二连三地来到庆玉所在的村庄，来人不光看风景，还得吃喝拉撒。乡政府审时度势，多方筹资，把这片山区打造成旅游景区。

三年后，这个旅游景区已有相当规模。蛤蟆泉旁挂上了"野狼出没处"的巨大招牌。庆玉呢，也不用种地了。他和老伴都被旅游公司招去当了工人，每天的工作就是上山清理游客们乱扔的塑料袋、饮料瓶等垃圾，一月工资一千多块呢。

只是，蛤蟆泉的水再也不能饮用了——上面漂浮的垃圾，怎么也清理不完。

◀ 镜子前的少女

远远地，他又看见镜子前的少女。少女依然站在饭店门口的镜子前梳妆，乌黑的长发飞流直下，黑色的短裙下露出白皙的小腿。少女好像从镜子里面看到他，竟回过头来莞尔一笑。刹那间，他全身的血液沸腾起来。他觉得，那是一种蒙娜丽莎式的微笑，美丽而神秘。

他爱上了这条尘土飞扬的马路。她也许是这家饭店的服务员吧，他猜测。这里是城乡接合部，附近的一座煤矿活跃了当地的经济，这条马路的饭店一家挨着一家，顾客大多是来往的司机。

日子一天天过去，欣赏镜子前的少女成为他生活的主要内容，几乎每天早上，那个少女就在镜子前梳妆，仿佛和他约好时间似的。匆匆的一瞥，美好的瞬间。这已足够了，他一个普通的打工仔还奢望什么呢？

又是一天早晨，他骑着那辆咔咔作响的自行车，吹着口哨走到那家饭店门口，奇怪的是，饭店大门紧闭，镜子还在，镜子前的少女不知哪里去了，一群人正挤在镜子前议论纷纷。他凑前听个究竟。原来，这家饭店涉嫌色情活动被公安查封了。他一阵眩晕……

第二天，失魂落魄的他又走上了这条马路，走到那家饭店门口，他惊奇地看到，那面镜子不知被谁砸成了碎片。满地的碎玻璃耀得他的眼睛生痛…

◀ 鬼故事
....

夜深了，张三李四王五还在酒馆里猜枚划拳，丝毫没有停下来的样子。

酒馆老板——一个秃顶的中年男人，看了他们一眼，又看了他们一眼，欲言又止，随即摇摇头，坐在柜台前打盹。

三个人终于酒足饭饱。张三提议讲鬼故事，并说谁讲的鬼故事最吓人，谁不用买单。李四王五连声叫好。

既然讲鬼故事，就得先营造点气氛。秃头老板一边嘟囔，一边关了总闸，店内顿时漆黑一片。

靠谱！三人不约而同高呼。

张三李四王五各讲了一个鬼故事，虽然听者都毛骨悚然，但都装着无所谓的口气说，不吓人不吓人。没办法，又开始第二轮。

等第二轮鬼故事快结束时，突然一声断喝：还让不让人睡觉啦！

与此同时，店内灯光大亮。张三李四王五循声望去，只见柜台前的秃头老板变成了一个满脸皱纹的老头！老头怒目圆睁，好像一具木乃伊！

鬼！鬼！鬼！三个人顿时酒醒大半，争先恐后往门口逃。突然，张三惊恐地指着李四王五说，看，你们的头！李四王五对望了一眼，指着张三，结结巴巴地说，看，你的头！

三个人原来的满头青丝，白如雪。

◀ 喂不肥的猪

方明教授回乡探亲，听山里的舅舅说了一件怪事：他喂了一头猪，食量很大，却怎么也喂不肥。

方明跟着舅舅来到房后的猪圈，只见猪圈依山而建，圈内一头四五十斤的小猪，骨瘦如柴。再看喂猪的大石槽，恐怕三盆食也倒不满。舅舅说，每顿喂猪都是倒满满一石槽，每次去看，石槽都被舔得干干净净。可是，猪只吃食不长肉。这是以前从来没有的现象。找兽医看过，猪吃了药好像更瘦了！

听完舅舅的话，方明沉思了一会说，每次你都亲眼看见，猪把槽里的食吃完？

舅舅说，那倒不是，每次倒完食我就回屋忙去了——你是怀疑，不是猪吃的？

方明点点头说，有可能。

方明与舅舅如此这般商量了一番。第二天，方明让舅舅给猪倒完食后，两人埋伏在不远的草丛中，远远地观察着猪圈。只见猪环顾四周后，怯怯地走近猪槽，刚准备进食，一阵窸窸窣窣的声音响过，猪急忙向后退。随后，一个黑色的庞然大物跳进猪圈，方明和舅舅看仔细了，天呀，是一头膘肥体壮的野猪！

真相大白。次日，方明吩咐舅舅将陈年的黄酒拌入猪食中，野猪偷食后走了不远便酩酊大醉，生生被擒。

方明的舅舅再也不为猪喂不肥而忧心忡忡了。他高兴地想，要是再来几头野猪就更好啦。

方明呢，也大有所获。回城后，接连在省报发表了两篇文章，一篇是《少抱怨，多调研，勤动脑》，另一篇是《莫被自己的贪欲拉入万丈深渊》。据说反响很不错。

解救一头狮子

◀ 把手机装到哪里

夏天，男人把手机装到哪里？

装到兜里？不合适。夏天穿的衣服薄，男士T恤大多没有口袋，就算有，不好看不说，稍一弯腰，手机就会滑落下来。装到裤子兜里更不合适，鼓鼓囊囊的，把裤子坠得没形，走路也不利索。

把手机装进手机套，挂在腰间？更不合适。若在前些年，腰间挂着手机，走路还能趾高气扬的，现在，捡破烂的老奶奶老爷爷都别着手机呢。把手机挂在腰里，显然已经过时了。

每年夏天，王大鹏就为把手机装到哪里而苦恼。王大鹏有时想，要是个女人就好了，随身带一坤包，里面装些化妆品之类的东西，再装一部手机绰绰有余。

上网无聊之余，王大鹏突发奇想，在百度上输入"把手机装到哪里"的问题，还别说，搜索出红彤彤的一片。王大鹏挨个查看，在一个不知名的论坛上，终于看到一个网友给出的王大鹏认为的最佳答案：把手机装到车里。当然有网友提出质疑说，站着说话不腰疼。

王大鹏惊喜万分。把手机装到车里，这真是一个了不起的创意！为了早日把手机装到车里，王大鹏辞去了现有的薪水不高但稳定的工作，毅然决然地去了一家大型煤矿挖煤。王大鹏是这样计划的：在煤矿干几年，积累一笔资金，然后自主创业，挖取人生的第一桶金，然后第二桶第三桶……最终，把手机装到车里不再是遥不可及的梦想。

王大鹏为这个梦想努力奋斗着。

◀ 最美小偷

滨河小区居民抓获了一个哑巴偷车贼，扭送到辖区派出所。审讯时，哑巴叽里呱啦，似乎很委屈的样子。经办案民警核实，该小偷确实是个哑巴。民警提取了案发现场的监控录像，画面显示：一男子于半夜时分，趁保安脱岗之机（后来保安说是出去买烟）

溜入小区车棚，顺利撬开一辆电动车锁并迅速逃离现场。让人匪夷所思的是，不到一分钟，小偷又推车返回现场。民警感到事情蹊跷，请来一位哑语老师帮忙，终于弄清了事情的真相。审讯内容如下：

民警（指着定格的监控画面）：咋？不好骑？回来换一辆？

小偷（不好意思）：不是的。我刚出大门听到车棚里的车倒了一大片。

民警：车倒了与你什么关系？

小偷：咋没关系？是因为我动了那辆电动车才引起其他车倒的。

民警：也许是风刮倒的呢。

小偷：没刮风。

民警：这么说，你是返回来扶车的？

小偷：是的。

民警（抓抓脑袋）：车倒了你知道扶起，可偷车也是不道德的哦。

小偷：这，是两码事吧。我只知道车倒了是我的责任。

民警：责任？！

民警觉得这个小偷很有意思，把审讯内容发到网上，引起网友强烈反响，纷纷赞其为"最美小偷"。

小偷火了！那个失职的保安灰溜溜地辞职了。三天后，滨河小区的人们惊奇地发现来了一个新保安——正是网上很火的"最美小偷"！

◀ 一地砖头

1984 年，我家买了一台 14 吋的黑白电视，轰动全村。

每天，天一擦黑，来我家看电视的人络绎不绝。有大人，更多的是小孩。

由于人多，屋里挤不下，父亲就把电视搬到院里。

来得早的，去屋里拉条凳子；来晚的只好站在后面，时间稍长一点，双腿发酸，找几块砖头垫在屁股下。

第二天清早，父亲起床后的第一件事就是清理院里散落的一地砖头。开始的时候，父亲乐此不疲，时间长了，有些烦。

烦归烦，父亲照例每天晚上把电视搬到院里，偶尔，拿出香烟给男人们散。

不知何时，来我家看电视的人越来越少了。后来，竟连一个人也没有。

父亲有些伤感，又有些高兴。因为，村里越来越多的人买了电视。电视已不再是个稀罕物件了。

解救一头狮子

147

二十多年后，父亲和母亲坐在吹着电扇的房间，看着大屏幕的高清彩电，觉得没意思透了。

父亲突发奇想，并立即行动：和母亲一起把电视抬到院里，声音调得高高的，仿佛想要全村人听见。

父亲搬出家中所有的凳子，并和母亲把去年刚买的沙发抬到院里。

满怀希望地等了很久，一个人影也没有。

陪伴他们的，是满天星光。

◀ 一个人的公园

退休后，老彭每天早上五点多，准时到离小区不远的公园散步。偌大的公园只有他一个人。转个三五圈后，锻炼的人陆陆续续地来了。人越来越多，公园越来越热闹。到了七点半左右，来锻炼的人又陆陆续续地走了，又剩下老彭一个人。大家都很忙。

走累了，老彭默默坐在椅子上，发呆。

最近几天，有个穿红背心的小伙子加入了早起锻炼的队伍。小伙子很阳光，见人就打招呼。经过老彭身边放慢脚步说，叔，一起跑吧！老彭摆摆手笑着说，老啦，跑不动了！看着小伙子矫健的背影如一团火快速远去，老彭在心里感叹：年轻真好！

穿红背心的小伙子很有号召力，跟随他的人开始是几个，队伍越来越大，最后竟有十几个人跟着他一起跑。也许是体力不支，跑几圈后，有人退出了队伍，到最后，还是小伙子一个人在跑，小伙子虽然满头大汗，但依然精神焕发。

老彭望着小伙子远去的背影，突然开怀大笑。想当年，老彭在单位当小职员时，默默无闻，无人问津；后来当了副科长、科长、副局长、局长……随着职务越升越高，老彭一呼百应前呼后拥，围绕在他身边的人越来越多；现在退下来了，成了孤家寡人。就如现在的自己，就如刚才的小伙子。

想明白了，老彭一下子轻松了许多。他站起身准备回家吃饭。吃完饭，该和老伴逛逛街了。好久没和老伴一块儿出去了。

解救一头狮子

◀ 下丹江

丹江岸边，小孩尿了床，被村人们戏称为"下丹江"。

有个叫丹根的小男孩，几乎夜夜"下丹江"。每天早上，丹根的妈妈在院前的绳子上，晾晒尿湿的被子褥子床单，大老远就能闻到浓烈的尿臊味。

村人看见，常常会打趣道：哈，"下丹江"啦。

丹根的母亲脸就红了，仿佛儿子尿床，她有多大过错似的。倒是尿床的丹根，时间长了，脸皮厚。每当有人当面说他"下丹江"，他都哈哈一笑，说，是啊，在我二姑家吃过早饭刚回来（丹根的二姑是丹江口的）。

丹根尿床的毛病在结婚前不治而愈。村人都说，幸亏不尿床了，要不，哪个姑娘肯嫁他呀。

让人啼笑皆非的是，丹根的儿子也尿床，几乎每天早上，丹根的妈妈在院前的绳子上，晾晒尿湿的被子褥子床单，大老远就能闻到浓烈的尿臊味。

有人打趣丹根的儿子，说，丹江后浪推前浪，尿床也祖传啊！

小家伙脸红脖子粗，辩解道：不是我尿的！

那是谁尿的？

得知答案后，问者目瞪口呆！

当晚，丹根把儿子揍了一顿。丹根边打边骂：说你"下丹江"咋啦？会掉块肉吗？你知道吗？你奶奶生我时就落下了小便失禁的毛病，一直没治好。她把我和你几个姑姑拉扯大，容易么。

◀ 无情的雨

当王凯和张丽说笑着走出咖啡厅时，发现外面不知什么时候下起了雨。他俩相视一笑，仿佛这场雨就是为这次浪漫的邂逅所做的铺垫。

王凯轻声说，你等一下。接着便钻进雨幕中。王凯回来时，手上多了一把淡紫色的小雨伞。王凯说，我送你回家。

下雨真好，伞下的世界真好。

脚下的路太短，直到张丽回了家，还感觉这只是一个风花雪月的梦。

咦！你衣服怎么湿透了？听到妈妈的惊呼，张丽这才看见衣服全湿了，这才感觉身上凉凉的。

下这么大的雨你没打伞呀？打了。张丽有气无力地回答。

张丽的心情一下子坏到了极点！这么自私的男人怎么可以托付终身呢？幸好，一场雨使她看清了一个人。

她拨通了王凯的电话，淡淡地说，我们分手吧。

王凯只回了一个字：好。

王凯想，这样也好，省得我得罪人。

王凯在心里说，感谢这场及时雨，让我看清了她真实的容颜。

张丽被雨淋掉的浓妆的脸上，长满了雀斑。

解救一头狮子

◀ 我不想随波逐流

行李放进船舱后，我说，启程吧。

船老板狐疑地望着我，犹豫了一会说，就这点家当？

我哈哈一笑，说，对，就这点家当。

老爷，你真是个清官啊！为官数年，两袖清风。小民钦佩！

望着岸边密密麻麻前来送行的乡亲，我轻轻挥了挥手，算是告别。眼里，有泪溢出。

风急浪高，小船在海中来回颠簸。我不想随波逐流，赶紧让船靠岸，叫船上的几个伙计下去抬了几块巨石放到船舱，这样一来，船增加了载重，再次航行时平稳了许多。

我没想到，一伙海盗竟拦船抢劫！面对穷凶极恶的海盗，船老板神情自若，眼神里甚至还有几丝讥笑。海盗迫不及待挑开我的行囊，除了几件洗得发白的旧衣裳再无他物。为首的海盗狠狠踢了几脚压舱的巨石，骂了几句"穷鬼""晦气"后，悻悻逃离。

等我回到家乡，抬石压船、海盗劫船的事已被人传为美谈。

后来，又有人说，海盗有眼不识金镶玉，那几块压舱石头并不一般。你见过几个当官的穷鬼？！

嗯，随你们怎么说吧。

◀ 绝密计划

卡尔醒来，发现置身于一个陌生的环境。他刚转动了一下脑袋，床头的电话响了：总统阁下，你醒了！玻璃窗外，是他的亲信小野。

这是什么地方？

总统阁下，请原谅我们的莽撞——这是在太空飞船上。

啊！为什么把我弄到这里？

总统阁下息怒。你还记得吗？在地球上你的病情持续恶化，无法控制。幸运的是我国著名的医学家武藤先生大胆提议，带你到太空来做手术。当时情况危急，你已处于昏迷状态，无法向你

解救一头狮子

请示，请原谅！

可是我已奄奄一息，可以吗？

科技时代，一切皆有可能！另一个穿白大褂的男人出现在玻璃窗前。你好，我是武藤。你目前的各项指标一切正常。这次的太空手术非常成功，甚至超出了我们的预期。

这么说，我的手术已经做完了？

是的，总统阁下。等你的身体恢复好，就可以离开那个特殊的病房，尽情欣赏太空的风光。然后，我们就可以回地球啦！

太好了！你是我们帝国的功臣，回去后我要重赏！

半月后，总统官邸。卡尔神情严肃：现在，我宣布立即并永远终止绝密计划！

众人面面相觑。

这个绝密计划是在卡尔弥留之际发动对 H 国的一次生化袭击，以雪当年战败之耻！

卡尔不知道，这次把他送上太空，也是武藤的一个绝密计划。武藤是一个和平爱好者。

从太空回来后，卡尔和以前判若两人。据说他经常喃喃自语：地球真是太美丽、太脆弱了！

◀ 有话好好说

王三在镇上开饭店有些年头了。账面上钱赚了不少，但很多是镇政府给打的白条。王三常常攥着这些白条发呆，去镇政府讨要过多次，每次领导都以各种不同的理由搪塞，王三一筹莫展，欲哭无泪。

镇政府领导换了一届又一届，王三的白条多了一沓又一沓。有时，王三真想一把火烧了这些白条，看着这些白条就来气，但又一想，白条虽然是个饼，但总能充充饥吧。也许下一任来个青天大老爷，把所有的白条都结清就好啦。王三把白条像宝贝一样放在自家的抽屉里。

王三的饭店终于撑不下去了。这天下午，王三正准备关门停业，门口来了一群人，走在最前面的是镇上的刘副镇长。刘副镇长笑容可掬，一把拉住王三的手说，王老板，你好啊。王三受宠若惊，但随即鼓足勇气嗫嚅着说，对不起，刘镇长，我停业了。哈哈哈，刘副镇长一阵大笑说，我们不是来吃饭，是来还钱的！把这些年的白条都拿出来，一块儿给你结了。有话好好说，别冲动嘛。

王三心想，自己没有上访告状，也没冲动啊。管它哩，账结了就行，王三不再多想，一溜烟跑回家，翻遍抽屉，却连白条的影儿也没见到。王三问正聚精会神玩电脑的儿子见到白条没有，儿子头也没抬，冷冷地说，见了。快拿出来呀！镇上准备给咱账结啦。儿子诡秘一笑，说，是吗？这个办法真管用。我把咱家的白条都晒到网上了！

天爷，你可真胆大！王三的腿突然软绵绵的。攥着白条，想着即将到手的钱，心里却高兴不起来。

——"重宇杯"闪小说大赛二等奖

◀ 你的灯

摩托车像一匹脱缰的野马，在大街上横冲直撞。听着耳边人们躲避不及的尖利的呼叫及谩骂，他心里涌起一种无法言说的快感！

穿过这条熙熙攘攘的大街，就到了女友租住的都市村庄。村庄的道路曲曲弯弯，他依然踩紧油门，车尾冒着浓重的黑烟。偶尔碰到一两个骑车的，看看他的车，看看他的脸，表情都是怪怪的。

到了，终于到了，他慢慢减速向女友租住的出租屋张望，淡紫色的窗帘拉得严严实实，显然，里面正在进行肮脏的勾当。看来，刚才朋友的信息没错。他猛踩油门，差点撞倒对面一个骑电动车的女人。女人尖叫一声又嘟囔了一句什么他没听清。这些对于他已不重要了。女人已经骑过去了，停下车回过头说：小伙子，你的灯。女人说，你的灯亮着，大白天的！他猛然停车，探头看看车灯，果真在亮着。他关掉车灯，坐下，准备发动车子，这时他看到了倒车镜中的一个人：脸扭曲变形，头发杂乱地纠结在一起。这是谁？他晃动了一下头，镜子里面的头也晃动了一下。这是我吗？我怎么成了这个样子？我来这里干什么？他抬头望望天空，一轮太阳暖暖地照着。他回头看那个好心的女人，女人已经走得看不见了。

在地上接连扔掉三支烟头后，他毅然决然地调转车头，顺原路返回。路上，他骑得很慢，他突然发现，路边竟有他以前没有发现但也许是忽略了的美丽的风景。有时，他也会碰到没关车灯的路人，他会善意的提醒，说，你的灯。

路边的绿化带里，是他刚刚扔掉的一把锋利的水果刀。同时扔掉的还有那些不堪回首的记忆。

解救一头狮子

158

◀ 瞎编的故事

村前有条坑坑洼洼的路，已看不出曾经水泥的痕迹。也难怪，附近的一座煤矿使这里的交通格外拥堵，超载的车辆使道路不堪重负，满目疮痍。村民们怨声载道。什么时候管住超载车辆，什么时候修路成了村民的一块心病。

一天，新上任的乡长下乡检查工作。路经此地，轿车左右颠簸。正打盹的乡长醒来，开窗大骂，骂前任不为民办实事。言辞之间似有修路之意。在村口闲逛的王二狗，看到一个肥头大耳的人骂骂咧咧，看相貌就是干部，王二狗大喜：修路指日可待也。王二狗回到村里，学着乡长的口气，绘声绘色地给村民学了好多遍。有的人不信，说王二狗瞎编。王二狗信心十足地说，等着吧。

一月过去了，两月过去了，半年过去了。修路遥遥无期，超载车辆依然来来往往。人们确信王二狗是瞎编了。

王二狗终于打听清楚了，乡长当时确有修路和治理超载车辆的打算，但让人难以置信的是，经过那次路上的剧烈颠簸，磨缠乡长多年的肾结石顺利排出，结石病奇迹般地痊愈了。乡长大喜，酒桌上常对下属及煤矿的李大胡子戏说此路为"康复路"。李大胡子说，既然对健康有益，何不多下去指导指导。乡长哈哈大笑。

但这些王二狗没跟村民们学，他怕人们再说他瞎编。

◀ 跳　绳

爸爸，你怎么啦？望着满头大汗的他，刚从幼儿园回来的宝贝女儿问。

没什么，只是，只是太……太热了！

哦。懂事的女儿迅速拿来一条毛巾递给他，他擦了擦汗，对女儿勉强笑笑。

他患了肾结石病。虽是小病，但疼起来要命。他想去床上躺一会儿，被女儿叫住了。

爸爸，你教我学跳绳好吗？我们班好多同学都会跳绳。我也想学跳绳!

不谙世事的女儿呀。他想说爸爸不舒服，但话到嘴边却是，好吧。

一口气给女儿示范了几十个，女儿拍着小手一边数，一边说，爸爸真棒！爸爸真棒！不过，我们班的亮亮，一气儿能跳一百个！

爸爸肯定比亮亮强！你数好，我再来一次。在女儿面前，他绝不能认输。

他大汗淋漓，一口气跳了一百五十个，衣服湿透了。

女儿高兴坏了，在女儿眼里，爸爸这时就是一个大英雄呢。

你练练吧，我去趟厕所。

他把跳绳扔给女儿，一路小跑到了厕所。一阵阵涩痛，喷涌而出的尿液，夹杂着两粒芝麻大小的石块。他突然间轻松了许多。

自此，他的结石病奇迹般地痊愈了。

此后，每天和女儿比赛跳绳成了他业余生活必不可少的内容。

解救一头狮子

◀ 意　外

　　同题赛征文时间已过一半，老马还没写一个字。

　　QQ、微信上，版主兼好友阿卓不停催促：马哥呀，这次无论如何你也得抽时间支持一篇，你是名人，能烘托人气啊。

　　一定！一定！老马答应得很爽快，说再忙也得抽空写一篇，必须的。

　　其实老马并不忙。写篇小说对于他来说，是一件轻而易举的事儿。但要写出彩，就不那么容易了。

　　老马先去论坛查看文友已经发表的帖子，以做到知己知彼心中有数。不看不知道，一看吓一跳。原来，他的好几个自鸣得意的创意都被别人捷足先登，并且写得出奇的好。老马后悔，为什么不早点发帖呢？

　　老马最头疼命题作文了。冥思苦想了几天，还是没有头绪。老马很烦躁。恰巧这时，公司派他出差，一忙活，竟把这事给忘了。

　　等老马出差回来，急忙上论坛一看，坏了！同题赛征文结果都出来啦！老马在获奖名单后跟帖，表示热烈祝贺。获奖的文友纷纷回复他：谢谢马老师！谢谢您给我们年轻人一个机会！

坐在电脑前，老马脸颊发烫，冷汗直冒。

年终，网站进行盘点和各项评比，经过网友的大力推荐，老马获得了一个"提携新人奖"。奖金 200 元，比上次同题赛的奖金还高呢。

◀ 特殊的被告

庄严的法庭，座无虚席，人人神情凝重。

审判长清了清嗓子说，下面，请原告——陈述。

原告一是一个风姿绰约的少妇，她愤怒地说：自从有了她，我老公再也不爱我了！就连照看小孩，他也心不在焉，见缝插针和人家打情骂俏……

原告二是一个坐轮椅的男生，他声音低沉地说，自从有了他，我的视力下降得十分厉害，眼镜的度数越来越高，身体越来越差。更可恨的是，他使我出了车祸，一条腿终身残疾！

原告三是一个美女，她不无激动地说，自从有了它，我变成了"月光族"！这都不算什么，重要的是，我的隐私照片大量外泄，名誉受到严重损害，要知道，我还没谈男朋友呢。

原告四是一位白发苍苍的老奶奶，她颤抖着说，自从有了它，我儿子几乎不回家了……

原告五……

审判长猛然拍了一下惊堂木，说，被告罪大恶极，不重判不足以平民愤——带被告上堂！

不一会儿，审判长的桌子上，摆满了款式各异的手机！

解救一头狮子

◀ 杀猪小记

十来年前，我在鄂西北一家酒厂上班。酒厂建了一个小型养猪场，年底拣大猪杀掉，猪肉作为福利分发给员工。

我和几个工友有幸帮忙杀了一次猪。

杀第一头猪就遇到了麻烦。

后勤科吴科长走到养猪场时，饲养员兼屠夫老江坐在地上默默抽烟，我和工友小赵小王趴在猪圈的围墙上，对一头大肥猪束手无策。

丢人哪！三个大小伙子连头猪都赶不出圈？吴科长抬头看了一眼猪圈里的砖头瓦砾，轻蔑一笑。他捋捋袖子，舀了一瓢猪食，踩着砖头进去了。

猪已被我们逗得双眼发红，此刻面对"最后的晚餐"，它恼羞成怒。和吴科长对视几秒钟后，猛然冲了出来，顺便把吴科长的皮夹克的袖子"摘"了一个大洞，吴科长大怒，说，还不快上！

我们三个小伙子一拥而上，有的拽猪耳朵，有的拽猪尾巴。工友小赵用力过猛，把猪尾巴生生拔断（也算替科长报了一箭之仇）。我们连推带拉，终于把猪弄到了案板上。

这下，该老江大显身手啦。也许是亲手把猪喂大，老江有些下不去手。连捅几刀，未中要害。猪号啕大叫，吴科长站在一边铁青着脸，老江更加心慌意乱，捅刀的频率加快了许多。猪终于一声不吭，流了几股血，死了。厂里食堂拿来接猪血的洋瓷盆，里面的葱花芫荽都没盖住！

场面很尴尬。工友小赵说，只听说人有贫血的，猪也有啊。

科长"扑哧"一声笑了。我们都笑了。

◀ 我的马

我有一匹枣红色的马。它奔跑起来，四蹄翻腾，长鬃飞扬，又快又稳。不是战马，胜似战马。

我的马帮我救过许多人的命。

有天夜里，风雪交加，我和家人早早睡下。半夜时分，有人急促敲门，说家中的病人快不行了。我立即翻身起床，拎上药箱，策马急速前进。赶到病人家，病人已奄奄一息。经过一番紧急处理，病人转危为安。病人家属感激涕零，给我端来一碗热乎乎的荷包蛋。我擦擦汗，说，多亏了我的马，再晚一会儿，后果将不堪设想。要谢，就谢我的马吧。

我的马仿佛听见了，在门外打着响鼻。

类似这样的事儿还有很多。以至于后来，人们大老远听到马蹄声和特有的铃铛声，都纷纷让道，说，救星来了！菩萨来了！

作为一名救死扶伤的医生，得到人们如此赞誉，足矣。

可是有一天，当我独自一人回到家，我的家人都惊呆了。他们问，马呢？马呢！

马被人借走了。我淡淡地说。

什么？借走了？谁借的？得几天？你不行医了吗？

我耐心给家人解释，说借马的是一位受伤掉队的八路军战士，他急着追赶大部队。他写有借条，说等战争胜利后一定归还的。

可是，爸爸，咱的马能救命啊。儿子哽咽着说。

孩子，马借给八路同样能救命，能救更多人的命！

我眯缝着眼，仿佛看到我的马穿越黎明前的黑暗，向地平线的尽头飞奔而去。远方，一轮红日冉冉升起……

——《吴地文化闪小说》2017 年第 3 期

解救一头狮子

◀ 潜　力
·················

　　向后走走！向后走走！司机扭头向乘客说。乘客们都没动，司机又大声说了一遍，人们极不情愿地向车后移了移。果然，向后走走，车内空间宽敞了不少，门口的几个乘客有地方站了。

　　这是一趟由郊区发往市里的公交车，这天是星期天，乘客大部分是学生，路上又不时有人上车，公交车越来越拥挤了，以致到了最后，人挨人，脚挨脚，扶手上抓满了手！

　　每次上人，乘客们纷纷抱怨，别上了，让他们等下一班吧，年轻的司机总是说，往后走走！往后走走！语气不容置疑，仿佛公交车是一团面坯，会越抻越大。后面站着的一个学生模样的长发美女高声说，哇塞！这公交真有潜力啊！

　　美女的话引来乘客们一阵哄笑，车内燥热沉闷的气氛一下子缓解下来。司机不理不睬，到了站点，依然停车打开车门，照例大声嚷嚷：向后走走！向后走走！后面的乘客不约而同大声说："哇塞，有潜力！"

　　就这样，每当上人时，司机只要说出那句话，乘客们都齐声喊：

"哇塞，有潜力！"到了最后，司机还没说出往后走走，乘客们都对上了。"哇塞"了一路，快乐了一路。

终于，终点站快到了，司机把车开得飞快。突然，"嘎"的一声来了个急刹车，一阵尖叫，乘客东倒西歪，但都没摔倒。司机停下车，用手敲敲前面的挡风玻璃，乘客都没弄明白怎么回事，这时，站牌边的一个四五岁的小男孩，怯怯地跑到车前，弯腰捡起一个东西。前面有乘客看清了，男孩捡起的是一个球形的玩具。男孩用感激的目光看了一眼司机，飞快转身走了。

司机把车重新启动，人群短暂地沉默后，不知谁大声喊了一句："哇塞，有潜力！"乘客们不约而同地鼓起掌，那个长发美女鼓得特别起劲！

◀ 长大就明白了

　　一天下午，小玉正在家写作业，邻居王奶奶送来一盆剩菜。王奶奶的孙子今天过周岁，中午，小玉和妈妈也一起去吃喜酒了。村里传下来的规矩，凡办喜事的人家，剩菜都要分给左邻右舍。当然，这个规矩，上小学三年级的小玉是不知道的。

　　王奶奶把盆放到桌上，问："你妈呢？"

　　"下地了。"

　　"哦。那我先放这儿了。"

　　小玉瞄了一眼那盆剩菜，见几只苍蝇嗡嗡叫着上下飞舞。小玉说："王奶奶，您端走吧，吃剩菜剩饭不卫生。"

　　王奶奶脸色变得很难看，默默端起那盆菜，走了。

　　下地回来的小玉妈妈，听说了这件事，用手指往小玉脑门上使劲点了一下："你这妮子，太不懂事啦！"并立即拽着小玉去王奶奶家。小玉妈妈满脸赔笑对王奶奶说："闺女小不懂事，别和她一般见识。"说完，自己去厨房端了一盆剩菜。

吃晚饭时，小玉还在噘嘴怄气。让小玉奇怪的是，妈妈要回来的那盆菜并没有上桌，桌子上，全是妈妈新炒的菜。小玉揶揄妈妈说："咋了，那些剩菜放冰箱里明天吃啊？"小玉妈妈笑了："不吃了，现在谁还吃剩菜啊。"

"不吃你拿回来干啥？"

"等天黑了，拿出去扔掉。"

"嘿！那何苦哩。"

"小孩子不懂，长大自然就明白了。"

——《今晚报》2017年8月27日9版

◀ "励志歌"

累，太累了！一百多斤的麻袋压在肩上，使我几乎喘不过气来。我弯腰拱背，双手抠紧麻袋角，不一会儿，两个指甲都抠出了血，钻心疼。晚上睡觉，骨头像散了架，我想我快撑不下去了。

第二天上班，见来了一位新工友，个子不高，瘦。看起来岁数比我大些。我想，他肯定干不了这活儿，恐怕要不了半天，就要拍屁股走人了。果然，他扛起包来，腰弯得更低，头几乎要挨着地了。在扛了几个来回后，已经满头大汗，气喘吁吁。让我惊奇的是，他居然掏出耳机塞进耳朵，嘿，苦中作乐？

我注意到，自从他戴上耳机后，像变了一个人，脚步比刚才轻盈多了，脸上也有了笑容。中途休息时，我问这位新工友听的什么歌。他神秘一笑，说："励志歌。你也可以试试。"

当天下班后，我下载了几首励志歌曲。接下来几天，我也像新工友那样，一边干活一边听歌。令人沮丧的是，劳累感一点也没减轻。这就怪了！不知新工友听的什么歌如此神奇？得知我的疑惑，他的脸突然红了，迟疑了一会儿才把耳机递给我。"爸、爸、爸、爸……"一个稚嫩的声音传来，吓我一跳。反反复复就是这个字。看我满腹疑惑，他说："我儿子，十个月啦！每月奶粉钱就得一千多块！"

我恍然大悟，接着后悔不已，后悔当初没把相恋三年离我而去的女友说的那句话录下来。

她说："没房子没车，这辈子休想和我结婚！"

——《今晚报》2017 年 7 月 30 日 9 版

◀ 碰　头

李老栓是贫困户，三间摇摇欲坠的土坯房不合时宜地戳在村口。每到年终岁末，领导都要给他送温暖。

第一年镇长来，进门的时候，头不小心碰着门框，疼得龇牙咧嘴。

第二年镇上的书记来，出门的时候碰着头，头上很快起了一个大包，让陪同的工作人员吓得不轻。

其实，镇长和书记的个子也不算太高，主要是李老栓家的门框太矮了。加上土坯房年久失修，墙体倾斜，把门框挤压变形，就更矮了。

第三年，听说副县长要下来送温暖，村长赶紧找到李老栓，让他尽快把门框修高一点，否则，再碰着领导的头，明年的低保就给他取消，同时，像送温暖一类的好事也不再有他的份儿。

李老栓立即去找木匠。木匠说，小菜一碟，等我这两天忙完手头的活儿就去。

谁知，木匠手头的活儿还没忙完，副县长就来给李老栓送温暖了。李老栓家的门框依旧是原样，乡里、镇里陪同来的领导，一个个胆战心惊，生怕出事。奇怪的是，副县长进门时没碰着头，出门时也没有碰着，而他的个子比乡长、镇长还要高一些。

李老栓注意到，副县长的目光很和善，进门、出门弯着腰，和他握手说话时，也是弯着腰。

——《今晚报》2017 年 4 月 2 日 8 版

《领导科学》2018 年 3 月上

◆ 一呼百应

解救一头狮子

每天一大早，老彭就会拎着饲料去家附近的公园。他环顾四周，嘴里"咕咕"地叫着，从袋子里抓起一把饲料，随手一扬，鸽子从四面八方飞来，争先恐后地啄食。"不要争！都有！都有！"老彭抓起一把又一把饲料，静静地看着鸽子们享用。饲料喂完，老彭大手一挥："去吧！"鸽子们像得到命令似的一哄而散。

老伴对此有些不解："你那么喜欢鸽子，买几只在家养多好！""你懂个……""屁"字刚要说出来，老彭猛然想到自己是个有涵养的人，便缓和了语气说："你懂个啥？在家养和到公园喂鸽子，那感觉能一样吗？"

老彭依然每天去公园喂鸽子，风雨无阻。随手轻轻一扬，鸽子翩翩飞来，轻轻一挥，鸽子四散离去。这感觉，用年轻人的话说，倍儿爽！

老彭在公园喂鸽子的事被一位拍客知道了，他拍了一段视频，发到网上。没几天，老彭成了网红，网友们纷纷点赞，说他几年如一日地义务喂鸽子，真有爱心。

孙子把网友们的评论念给老彭听。老彭心里偷着乐：他们懂啥，我那是在享受一呼百应的感觉！

老彭退休前是局长。

——《今晚报》2017 年 3 月 26 日 9 版

解救一头狮子

◀ 椅 子

　　传闻清风街办事处有一把神奇的椅子，凡坐过此椅子的人，都廉洁奉公，大多被提拔重用。

　　新调来的办事处主任方明围着椅子上下左右打量半天，也没看出其特别之处。这把木椅子有些寒酸，椅面不平，靠背挺新。方明点燃一支烟在椅子上坐下，冷笑一声：这不就是把普通的椅子嘛，传得神乎其神！……嘿，说也怪了，方明坐了一会儿，渐入佳境，感觉特别舒服，昏昏欲睡。要不是电话铃声打扰，再加上陆续有人来找，方明真要在椅子上睡着了。

　　下午上班，方明还准备坐椅子上喝茶看报纸，谁知刚坐下，屁股一阵钻心的痛，慌忙起身查看，原来椅子上有个铁钉！方明一脚踹翻椅子喊来秘书，大怒道，什么破椅子！扔了！换个沙发！秘书嗫嚅着说，主任，这不合适吧？怎么不合适？买个沙发不算腐败吧？秘书凑近方明的耳朵，小声问，你知道你上上一任是怎么降职的吗？懒政不作为啊。是的。但有个关键细节，那一位也是嫌椅子不舒服，扔掉椅子不到半年就出事了！后来接任的主任亲自把椅子请出来，一直传到现在。

听秘书说完，方明将信将疑。他吩咐秘书修椅子，自己索性出去检查工作。

说也怪了，自从上次钉子扎住屁股后，方明在椅子上坐的时间只要超过半天，屁股就会疼。仔细检查，并没有钉子和异物。方明恍然大悟。从此，他在椅子上坐的时间少了，出去办事的时间多了。

年终，清风街办事处又获得了全区"先进单位"荣誉称号。方明在发言时说，领导干部是为群众服务的，我们在椅子上坐舒服了，群众可就不舒服了。

——《今晚报》2018 年 12 月 9 日

解救一头狮子

◀ **亲爱的粮食**

从仓库到机房，是十五步；从机房到仓库，还是十五步。

三年了，王强闭着眼睛也能拉着斗车来来回回。这是一家酒厂，王强每天的工作就是把粮食从仓库拉到机房粉碎。单调、乏味。两台粉碎机轰隆隆叫着，像是两头永远喂不饱的怪兽，撕咬、麻木着王强的神经。

也许明天就要离开这个鬼地方了。王强生出这个奇怪的想法时，很伤感。那天中午，他破天荒地喝了几口酒。酒是原度酒，是从生产车间接的，辣，呛。酒是粮食精，粮是大地魂。微醺的王强苦笑了一声：我的魂儿呢？

昏暗的仓库里，王强双手紧握铁锹，一下一下往斗车上装着粮食。醉眼蒙眬中，王强突然在坍塌的粮食堆中发现一团花花绿绿的东西，他弯下腰，扒开覆盖的粮食，抖掉灰尘，竟是一团报纸！可能是卖粮食的农户用它来垫箱底堵窟窿吧。小心翼翼地揭开报纸，让王强欣喜若狂的是，这张报纸有个副刊，整整一个版面刊载着小说散文诗歌。他如饥似渴地读下去，在那个闷热的下午，他熄灭了许久的文学梦好像渐渐燃烧起来。

在后来的日子里，图书室和旧书摊上，经常可以看到王强的身影。读得多了，王强开始蠢蠢欲动，把习作投向四面八方。终于有一天，他的一篇小说登上了厂庆特刊的头条。厂办主任特意跑到车间，满脸堆笑地说，没想到，小王是个人才啊！

机器的噪声把主任的声音压得很低，但王强还是听得清清楚楚。那一刻，王强突然觉得，轰隆隆的机器声不再那么刺耳了，那一堆玉米似乎散发着金子般的光芒。

◀ 火烧爱情

初二下学期，我们班调来一位姓刘的数学老师，戴一副金丝边眼镜，讲一口流利的普通话。他时常穿一件灰白的毛衣，可能是他恋人织的吧。那时候，恋爱中的女孩都喜欢给男孩织毛衣。

刘老师的女朋友来过学校一次，仙女一样。

有一次自习课，刘老师微笑着说，我教你们唱歌吧。刘老师先清唱一遍给我们做示范。是《一剪梅》。他一开腔立即把我们震住了！他的嗓音高亢圆润，几乎可以和费玉清相媲美。一剪寒梅傲立雪中，只为伊人飘香。爱我所爱，无怨无悔，此情长留心间。

刘老师会唱歌的新闻立刻传遍了校园。此后，听刘老师讲课、学唱歌，成了我们最快乐的事情，别班的学生羡慕得要死。

好景不长。那次正上数学课，外面有个女人找刘老师。刘老师的脸色突然变得很难看，他给我们布置了作业就匆匆回到办公室。

同学们面面相觑，不知发生了什么事情。不一会儿，刘老师的办公室里传出了激烈的争吵和女人的哭声。侧耳细听，是女人不停在骂"背良心，陈世美"。陈世美？难道这个女人是刘老师的结发妻？也太丑了吧。

刘老师的门开了，女人披头散发出来，只见她把一件灰白的毛衣揉成一团，狠狠地扔到地上，然后用打火机点燃，毛线熊熊燃烧，直到化为一团灰烬，女人头也没回，踉踉跄跄地走了。再看刘老师，身上的那件毛衣不见了，只穿一件西服，站在门口瑟瑟发抖。

那一晚，我们寝室的女生都失眠了。第二天早上，校园的垃圾堆上，无精打采地躺着许多的毛线和棒针。

——《霞光》2017 年第 1 期

◀ 时势造英雄

他出现时，人们蒙头裹脸，缩手缩脚。

她出现时，人们喜形于色，尤其是老人和孩子。

他和她同时出现时，人们牢骚满腹，甚至怨声载道。

因此，当她邀请他连夜出发去完成一项特殊的任务时，他坚决地拒绝了。

他说，你还记得杨白劳么。多可怜的一个人，大年三十出去躲债，而我们还趁火打劫，太不厚道了！简直助纣为虐！每次想到这些我就恨自己！

她哈哈一笑，说，都是过去的老皇历啦。这次你听我的，不但不会被人咒骂，肯定大受欢迎呢。

他拗不过她的再三请求，立即出发了。

第二天，京城的各大报纸不约而同登出一则新闻：北风携小雪连夜进京，清除雾霾立奇功。

他和她立即成了英雄。他们不知道的是，两天后，全球环境治理大会将在京城召开！

呵呵，聪明的读者，你猜出他和她分别是谁了吗？

◀ 蝶恋花

三月的马蹄山郁郁葱葱，颜色各异的野花点缀其间，蜜蜂和蝴蝶在花丛中翩翩飞舞。哇！真是太美啦！校花艾思雨的一声惊呼，身边立即聚集了一大群男生。随后，一束束野花塞到她的手里。刚才还气喘吁吁的艾思雨，面若桃花，忘了劳乏。

这是高三班组织的一次春游。该高考了，同学们都想放松一下。

快乐的时间总是很短。结束春游点名时，发现少了一个叫王强的男生。班主任慌了，立即发动同学们分头去找。

王强在一个悬崖下被发现。他是在捕捉一只蝴蝶时跌入悬崖的。一条腿血肉模糊的王强，手里紧紧捏着一只色彩斑斓的蝴蝶，同学们七手八脚把他抬上来。面对围上来的女生，王强挤出一丝笑容，把蝴蝶递给艾思雨，说，给你的。艾思雨的眼泪哗哗就下来了：你呀，真傻！艾思雨颤抖着手接过蝴蝶，蝴蝶还活着，一扬手，轻轻放飞了。

瘸了一条腿的王强辍学了，艾思雨如愿以偿，考上了省城一所著名的艺术院校。

多年以后，艾思雨一支优美的《蝶恋花》在全国青年舞蹈电视直播大赛中夺得冠军，在发表获奖感言时，艾思雨提到了那次春游，那只蝴蝶，那个叫王强的男生。

电视机前的王强眼睛湿湿的。他呢，现在是马蹄山庄庄主。他精心打造的"蝴蝶谷"闻名省内外。一年四季，均有蝴蝶翩翩飞舞。

对了，王强现在已装上了假肢，和正常人没什么区别了。

◀ 神秘的铁管

腊月人闲。村口，一群人或站或蹲，天一句地一句地闲扯。突然，几声警笛响，一辆绿色吉普车停在人们面前。车门打开，下来三个警察，望了人们一眼，径直过了小桥，往后湾村走去。

谁犯事了？警察是来抓人的吧？

人们议论纷纷。庆堂、福强两个小伙子对停在路边的吉普车产生了浓厚兴趣。他俩这儿摸摸，那儿看看。

看！那是什么？庆堂隔着车窗指着驾驶室右侧一根绑了红布的铁管问。

这个嘛，福强抓抓脑袋也不知道。

应该是热水管，你想啊，警察生活好，容易口渴，想喝水，杯子一接就喝，多方便！

不对，应该是送话器（话筒），你看啊，警察抓坏人，不得喊话？喂，喂，让一下让一下！福强学着电影上警察喊话的样子，引起人们哄堂大笑。

围观的人越来越多，有说是热水管的，有说是话筒的，双方各执己见，谁也说服不了谁。说话间，三名警察回来了，脸色很难看。庆堂想问问那个铁管到底是啥，但始终不敢问，直到吉普车绝尘远去。

　　谁也没想到，好奇心极重的庆堂竟然为此事吃不好饭，睡不好觉。那是什么？那到底是什么呢？庆堂快崩溃了。一个大白天，庆堂去后湾村偷牛，被当场抓获。警察来抓他时，他很配合，主动伸出双手。没等警察推搡，迫不及待地上车。庆堂伸长脑袋看见司机扳动了几下那个包红布的铁管，吉普车加速前进。我知道啦，我知道啦，庆堂像个神经病似的对着车窗外喊：那是个换挡的手柄！

　　庆堂的声音虽然很大，但很快被淹没在风中。

◀ 这世界变化快

老板，有 WiFi 吗？

碧玉山庄农家乐老板国富正在前厅扫地，看到门口来了一群衣着光鲜的青年男女，忙丢下笤帚，迎了上去。国富心中暗喜，开业半月以来，还没接待过这么大的团队呢？

里边请里边请！国富满面笑容做了一个请的姿势。

老板，有 wifi 吗？几个人不约而同又问道。

外快？吃饭还要外快？国富有点搞不懂。

哈哈哈，一群人笑得前俯后仰。有人说。都啥年代了连这都不懂。OUT 了吧？有人说，山里信号不好，手机上不了网，想用 wifi 把照片发到朋友圈。有人耐心解释说，wifi 就是无线网络的意思。

国富"哦"了一声。他记起来了，他的孙子每到星期天都到村委会去蹭网，那网时髦的叫法就叫外快？

算了算了，我们去镇上的饭店吃吧，一脚油门的事。

看着已进门的顾客走了，国富心疼得要命。事不宜迟，国富立即下山，去村委会问个究竟。

一周后，国富的农家乐终于安装了 wifi，果然，生意马上就来。一个年轻人领着一位白发苍苍的老头，看了这里的环境赞不绝口，准备预订十桌生日酒席。就在年轻人要付定金时，老头问国富，你这儿有 WiFi 吗？有啊，刚装的，信号好着呢。走！走！不订了！老头扭头就走。

咦！这是咋回事？国富追出去问。

老头气呼呼地说，每年过生日，我那几个兔崽子都光知道玩手机，今年本想寻个清净地，谁知道……唉！

看着老头和小伙子钻进汽车，国富简直要气疯了！

◀ 小雅的春天

　　小雅最喜欢过年了。只有过年，爸妈才会回家。小雅喜欢一家人在一起热热闹闹的样子。更重要的是，小雅喜欢听爸爸讲故事，爸爸讲的故事可好听啦。

　　腊月刚过，小雅就扳着指头算爸妈回来的日子。一天下午放学回家，小雅远远地看到妈妈搀着爸爸站在院子里，奇怪的是爸爸还拄着拐杖。小雅吓得大哭，爸爸摸着小雅的头笑了，说，没事的，小雅。在工地上被砸伤的，过完年就好啦。

　　爸妈回来，小雅觉得提前过年了。妈妈忙着割肉买鱼置办年货，小雅一放学就缠着爸爸讲故事。时间过得真快，一转眼，年就过完了。

　　爸爸腿上的伤一天天好起来，小雅既高兴又难过。村里外出打工的走了一批又一批，小雅担心哪天早上睁开眼睛，爸妈就不见了。

　　果然，一天早上，爸爸叫醒了小雅说我们今天就走，在家要听爷爷奶奶的话。小雅没有说话，眼泪唰唰流下来。爸爸笑了说，傻丫头，吓怕了呀，我的腿还没好利索，今年不出去啦。前几天我和你妈妈去燕桥村参观了宝森现代农业科技示范园，觉得很有发展前景。人家正在招工，我们决定去那里上班。以后不出去打工，在家门口也能挣钱啦！

小丫一骨碌从床上坐起来说，太好了！爸爸，这是你给我讲得最好的故事！

爸爸哈哈笑了，说，这不是故事，这是真的！等有时间带你去燕桥村玩。那里还有别墅、儿童乐园、直升机呢！

◀ 牛和狼

一头老牛在山坳里耕地。犁地的老农累了，把牛和犁扔在地里，兀自去旁边的小树林里抽烟休息。

这时，不知从什么地方跑来一只狼。狼探头探脑一番，走到老牛身边说："喂，都什么年代啦，农业机械化了，还让你耕地？这是侵犯你的'牛权'啊！"老牛看见狼先是吃了一惊，继而慢条斯理地说："耕地是我的本职工作，若不让我干活我还闲得慌。有事儿做才踏实，一味享受恐怕也不是什么好事呢。"狼冷笑一声说："狼行千里吃肉，狗行千里吃屎。你啊，生来是个吃草的命！你看我，每天啥也不干，想吃就吃想睡就睡，多惬意！"狼说完，贪婪地望了老牛一眼，口水都快流出来了。

"不劳而获、自由自在固然惬意，可每天担惊受怕未必好受吧？"老牛向着主人的方向"哞哞"连叫了两声。

"担惊受怕？笑话！现在我们也是国家保护动物哩！"狼刚想大笑，听到背后有动静。狼迅速转身，它惊恐地看到，一个黑洞洞的枪口正对准自己，急忙落荒而逃。

狼一边逃一边愤愤不平地说："都什么年代了，还有猎枪！"

树林里歇息的老农笑了。刚才他端起旱烟袋，做了一个瞄准的动作。

◀ 琴　声
·····················

上班的感觉像上坟。这不是戏谑。这是资深打工者刘强心情的真实写照。

车间里，几十台机器同时轰鸣，犹如几十头怪兽在狂吼。噪声无情地啃噬、麻木着刘强的神经，他快要崩溃啦！因为受不了噪音，刘强已走马灯似的调换了无数的工厂。没有噪声的工厂屈指可数，工资也少得可怜。没办法，刘强在这家工厂干了快十年了！

起初，刘强以为时间长了，自己慢慢就会习惯。可是，随着时间的流逝，刘强对噪声的厌恶与日俱增，有时甚至在梦里都是铺天盖地的噪声。为了抵抗噪声。刘强想了无数个办法：在耳朵里塞棉球；戴隔音耳机等。有一次，班长当场摘下他的耳机训斥：上班不能听音乐！他再三解释，班长就是不信。

终于有一天，刘强毅然决然地辞掉了这份工作，去下煤窑。那是一份暗无天日的工作，但噪声相对来说小一些。更重要的是，工资高。刘强咬牙坚持了下来。

又一个十年过去了，刘强利用下煤窑挣的钱，入股了朋友的一个砂轮厂。当老板就轻松多了，每天只需坐在宽敞明亮的办公室里，喝茶看报。让朋友百思不得其解的是，曾经对噪声深恶痛绝的刘强，上班的大部分时间都泡在车间，这就怪了？

此时，刘强正在车间里转悠。偌大的车间，噪声尖厉刺耳，一点不比当年刘强上班的那家工厂弱。一位新来的戴眼镜的小伙子，看着砂轮片上的商标说，我靠，砂轮片还起个这么好听的名字！年过半百的刘强走上前去，拍了拍小伙子的肩膀说，年轻人，好好干！到时你就知道啦。

砂轮片的名字叫"琴声"，是刘强亲自起的。

◄ 迷 航

狂风呼啸，巨浪滔天。两岸是悬崖峭壁，失控的船只随时都有撞上或沉没的危险。詹姆斯船长率领的探险船队遭遇了前所未有的凶险，他一边镇定自若指挥船员应对，一边在胸前画着十字。

这样恶劣的天气持续了两天两夜，一艘船只失踪，詹姆斯船长他们也迷航了，只有随波逐流。

风终于停了。大海又恢复了往日的平静。詹姆斯船长和他的船员们惊喜地发现，船队停泊的地方，竟有一个小岛。目之所及全是密密麻麻的肉豆蔻树。肉豆蔻是一种名贵的香料，产地极少，非常昂贵，只有贵族们才享受得起。队员们个个摩拳擦掌，热血沸腾。

詹姆斯船长带领船员们全副武装登上小岛，令人始料未及的是，岛上无一居民。只有成千上万的鸟儿叽叽喳喳好像欢迎他们这些"天外来客"。

詹姆斯船长喜不自禁：这是上帝馈赠我们的礼物。阿门！他命令队员们稍事休整，找一些可以充饥的东西补充体力，然后对肉豆蔻开始了疯狂的采摘！

四艘大船很快装满了肉豆蔻，这分明是四船金币啊。多装点！多装点！詹姆斯船长命令船员们扔掉船上一切可有可无的东西，给"金币"腾地。

起航后，詹姆斯船长望着一片狼藉的小岛，满意地笑了。

让詹姆斯船长万万没想到的是，船队起航不久，又遭遇了风浪。由于船只负载过重，全部倾覆。海水像怪兽一般涌进船舱，船在极速下沉、下沉……

上帝啊！救救你的孩子！詹姆斯船长临终前还在胸口不停地画着十字。

◀ 和老板一起吃饭

和老板一起吃饭，不是每个公司员工都有这样的机会。

陈强就有，有同等机会的还有陈强的十几个同事。在同事的眼里，这算什么破公司？一个打"游击战"的装修队而已。员工的早晚餐自理，中午老板带着大家去饭店吃一顿——倒不是老板大方，时间就是金钱嘛。

听，老板又催陈强了："别磨叽了！吃饭还打摩丝？去相亲啊？"

屋外等候的同事们"哄"地笑了，陈强红着脸匆忙走出来，一边走一边拢着额前的几根头发。

其实，老板很赏识陈强。小伙子聪明好学，不怕吃苦，善动脑筋。唯一的缺点是爱打扮，小伙子本来就帅，一打扮便抢了老板的风头，被服务员认错这样的事时有发生。

这天中午，老板带着陈强他们刚在饭店的圆桌前坐下，服务员拿着菜谱过来，双手恭恭敬敬地递给陈强说，老板，请点菜！

陈强忙把菜谱接过来递给老板，对服务员说，这位才是我们的老板！服务员反应挺快的，接过陈强的话茬说，来这里吃饭的都是老板！

老板哈哈大笑，笑过之后狠狠剜了陈强一眼。

老板为这事说过陈强多次，并举例说他的同事，哪个像他呀，头发乱衣服脏，这才像个民工样嘛。陈强依然我行我素，逞强的最后结果是被老板找了个理由给开了。

几个月后，老板得知陈强也带着几个人搞起了装修。去饭店吃饭，偶尔会碰上。让老板吃惊的是，陈强所带领的几个工人，个个西装革履，头发、皮鞋油光锃亮，个个都像老板！

◀ 犟　牛

张三调试牛犊耕地，让父亲在前牵着牛鼻子。父亲有些老年痴呆，耳朵也背。每当牛犊拉犁快走到地头时，张三大喊："爹拐弯！"（意即让爹牵牛拐弯），父亲听到后，立即牵牛拐弯了。

如此三番，调教牛犊几次后，张三觉得不需要让爹牵牛，通过撇绳（穿过牛鼻子的两根绳，绳头在驾辕人手中）就可以牵引牛了。哪知，牛犊到了地头就停下，任凭张三让撇绳勒得手臂发麻，任凭鞭子打折，牛犊岿然不动，这让张三百思不得其解。

坐在地上休息了一会儿后，张三突然想到了什么，他扶起木犁，大喝一声："爹拐弯！"奇迹出现了，牛犊像得到命令似的，一转身就拐过弯儿来！这让张三哭笑不得。

后来张三尝试不说这句话，拐弯时牛就是一动不动。这让张三伤透脑筋，也成为乡邻的笑谈。张三咬咬牙，低价把牛犊卖了，当然买家是不知内情的。后来据说因为牛犊不会耕地，几经易手，最后落在李四的手里。

李四是个驴脾气，买牛时他已听说过"爹拐弯"这个典故，但价钱低得吓人。李四想，牛不喝水强按头，不听话看我不扒你的皮！在调教无数次后，李四长叹一声：都说我犟，你比我还犟！李四果真扒了牛的皮，一张土黄上好的牛皮。

◀ 解救一头狮子

退休后，我喜欢逛一些山川河流。尤其喜欢观察、搜集一些奇石。几年间，捡拾回家的奇石不计其数。

那天，我沿着一条干涸的河床逆流而上。突然，一阵沉闷压抑的声音从远处传来，像极了电视上听到过的狮子的声音。我吓了一跳！环顾四周，无任何动物。声音持续不断地传来，越来越焦躁不安。我知道这片山川从未发现过狮子，好奇心促使我循声仔细寻找。在一处高耸的土坡，我找到了声音的来源——地下。铲掉上面的浮土，是一块巨大的石头，隐隐约约显现出一头狮子的轮廓。这头狮子被困太久了，我必须解救它。不然，它会闷死的。

第二天，我找来锤子和錾子，一层层剥掉石头的表层，狮子的面目逐渐清晰起来。我花了将近半月时间，对这头狮子精雕细琢并拉回家放在门口，取名"醒狮"。

此后，我发现几乎每一块石头内部都隐藏着一头野兽，我通过雕刻，它们都一一复活。许多大老板慕名而来，花高价购买。

唯独那头"醒狮"出再高的价钱我也不卖,他们不知道,那是我心中的狮子,我儿时的梦想就是当一名优秀的雕刻家,正是这头狮子让我的梦想复活。

——《小小说月刊》2020 年 9 期

《荆楚闪小说》2020 年第 2 期

解救一头狮子